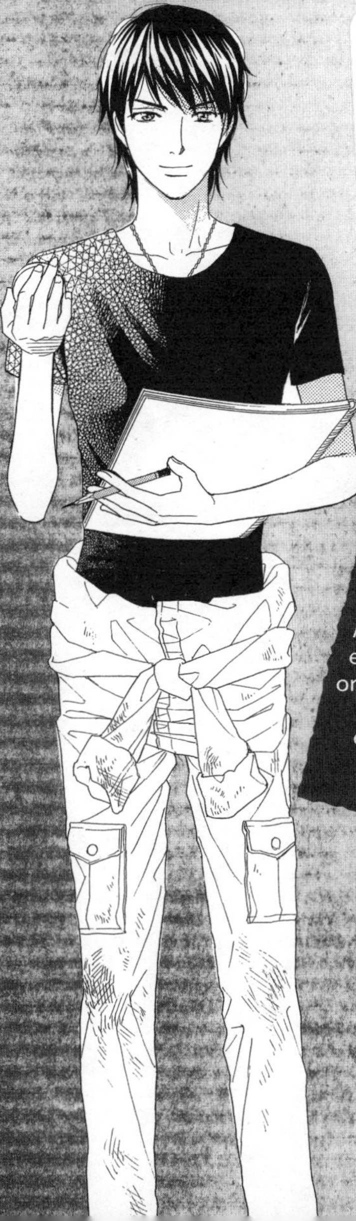

ATTENTION !

Afin de respecter l'œuvre, ce volume est présenté dans son sens de lecture original. Vous êtes ici à la fin du volume. Commencez par la dernière page et lisez les bulles de droite à gauche.

Directeur de l'édition française
ALAIN GUERRINI
Directeur division publishing
SÉBASTIEN DALLAIN
Comité de direction
A. GUERRINI
S. DALLAIN
H. FUMET
Directeur éditorial européen
MARCO M. LUPOI
Responsable éditorial
WALTER DE MARCHI
Responsable marketing opérationnel
MAGALIE BRUTIN
Chef des ventes
GUILLAUME COUÉ
Coordinatrice commerciale
VALÉRIE BRYNDZA
Contrôleur de gestion
JÉRÔME TASSEL
Communication et relations presse
SOPHIE CONY
Coordinateurs éditoriaux
MATTEO LOSSO, ANNA RODELLA
Supervision
LAETITIA SAMMARTINO
Rédaction
VÉRONIQUE PARRA, SANDRINE VAUBOIS
Rédacteur
MATTIA DAL CORNO
Directeur artistique
MARIO CORTICELLI
Conceptrice graphique
SABRINA PIU
Maquettiste
CHIARA BENASSI
Responsable production
ALESSANDRO NALLI
Avec la collaboration de
J. BAGLIO, A. JODKOWSKI, MPG
et de toute l'équipe de Panini.

VENUS NI ARAZU 1
ISBN : 978-2-8094-2083-8

Un ouvrage PANINI MANGA / PANINI FRANCE S.A.

Commercialisation et relations média :
PANINI FRANCE S.A.
Z.I. SECTEUR D - B.P. 62
06702 SAINT-LAURENT-DU-VAR CEDEX
www.paninimanga.fr
presse-bd@panini.fr
Tél. 04 92 12 57 57
Fax 04 92 12 57 58

Scénario et dessin
YUKI YOSHIHARA

Traduction
XAVIÈRE DAUMARIE

Lettrage
BARBARA STAVEL

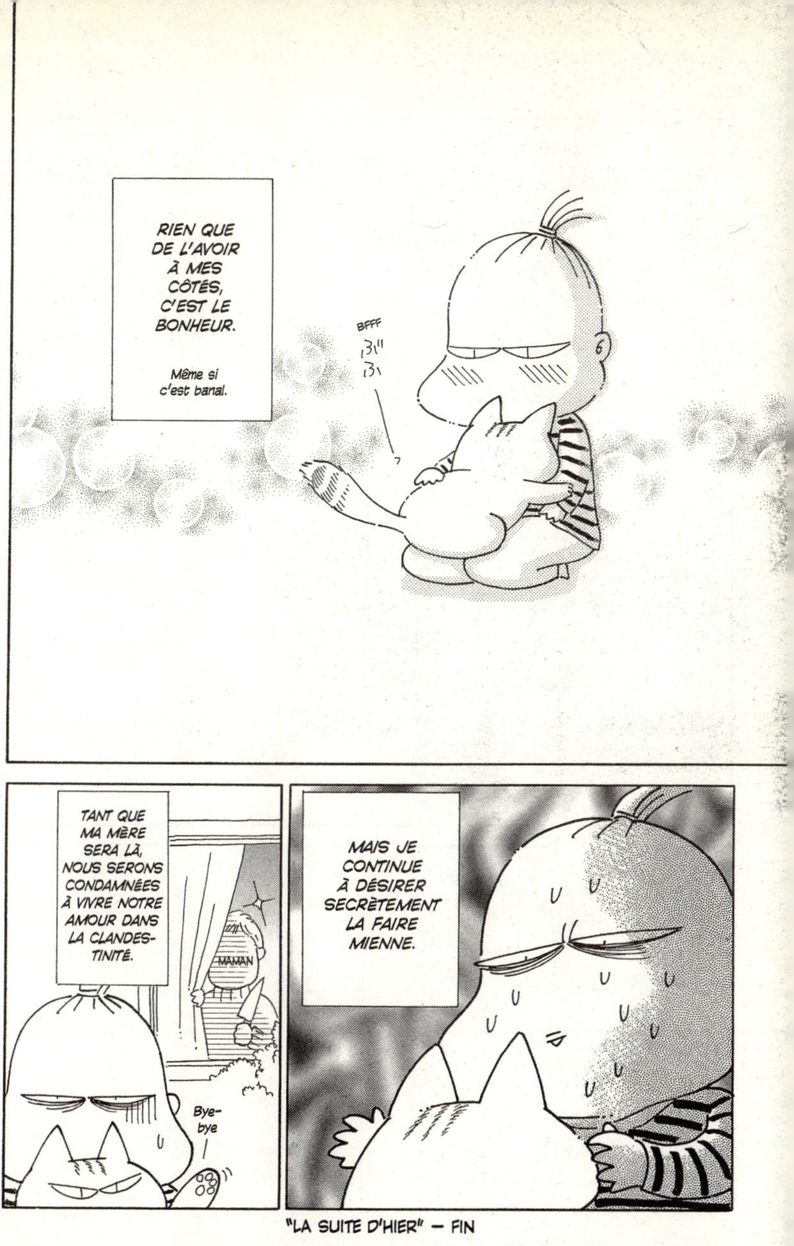

"LA SUITE D'HIER" — FIN

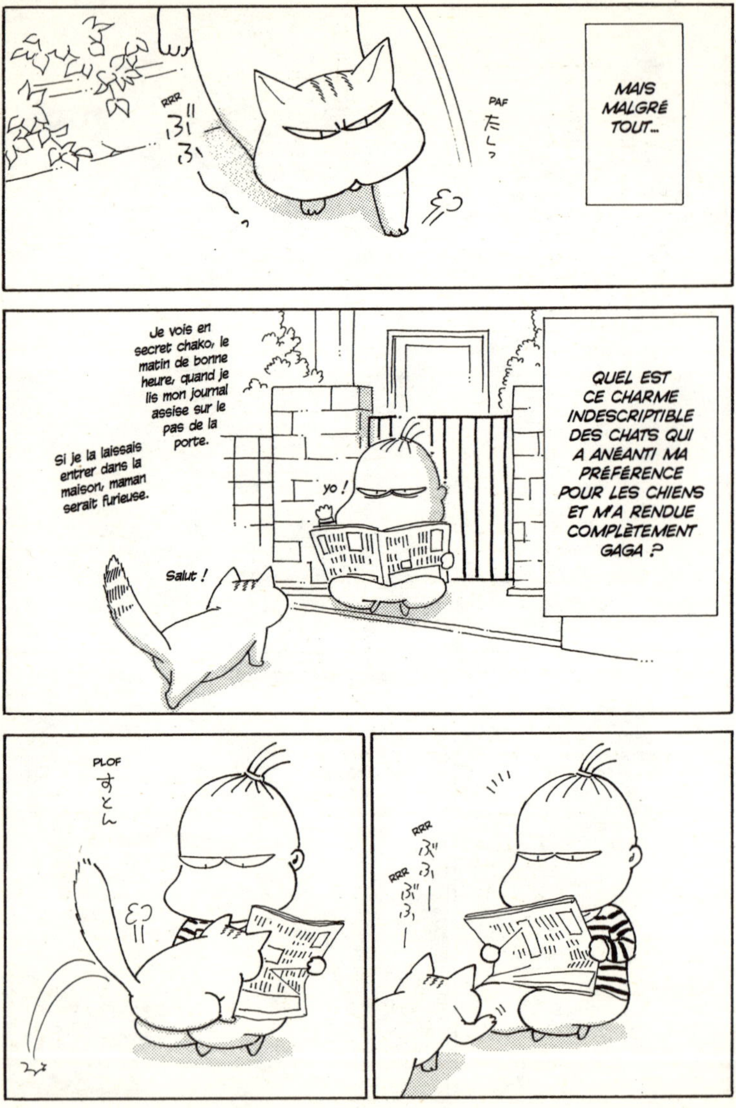

MAIS MALGRÉ TOUT...
PAF
たしっ
RRR
ぶふ
QUEL EST CE CHARME INDESCRIPTIBLE DES CHATS QUI A ANÉANTI MA PRÉFÉRENCE POUR LES CHIENS ET M'A RENDUE COMPLÈTEMENT GAGA ?
Je vois en secret chako, le matin de bonne heure, quand je lis mon journal assise sur le pas de la porte.
Si je la laissais entrer dans la maison, maman serait furieuse.
yo !
Salut !
RRR
ぶふ
RRR
ぶふ
PLOF
すとん

Je risquerais ma vie en lui demandant si ce sont les chats qu'elle déteste ou leurs propriétaires.

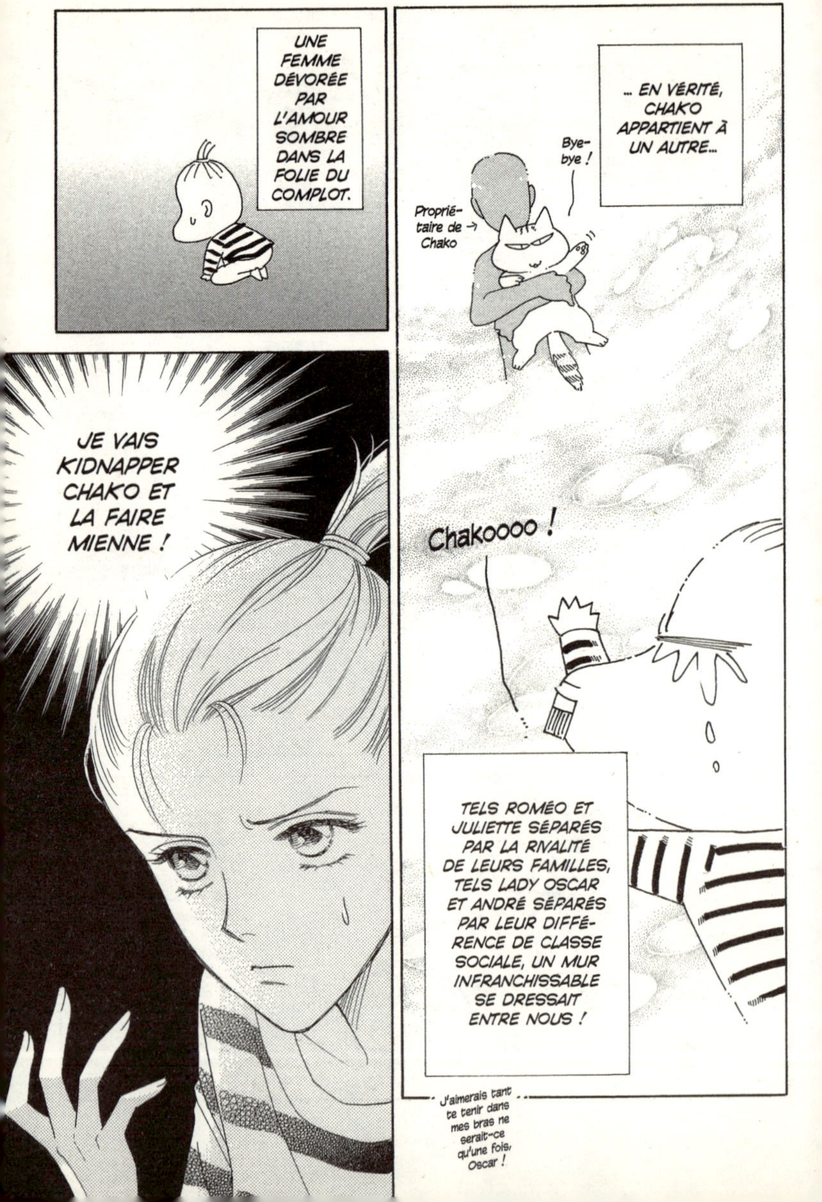

... EN VÉRITÉ, CHAKO APPARTIENT À UN AUTRE...
Bye-bye !
Propriétaire de Chako
Chakoooo !
TELS ROMÉO ET JULIETTE SÉPARÉS PAR LA RIVALITÉ DE LEURS FAMILLES, TELS LADY OSCAR ET ANDRÉ SÉPARÉS PAR LEUR DIFFÉRENCE DE CLASSE SOCIALE, UN MUR INFRANCHISSABLE SE DRESSAIT ENTRE NOUS !
J'aimerais tant te tenir dans mes bras ne serait-ce qu'une fois, Oscar !
UNE FEMME DÉVORÉE PAR L'AMOUR SOMBRE DANS LA FOLIE DU COMPLOT.
JE VAIS KIDNAPPER CHAKO ET LA FAIRE MIENNE !

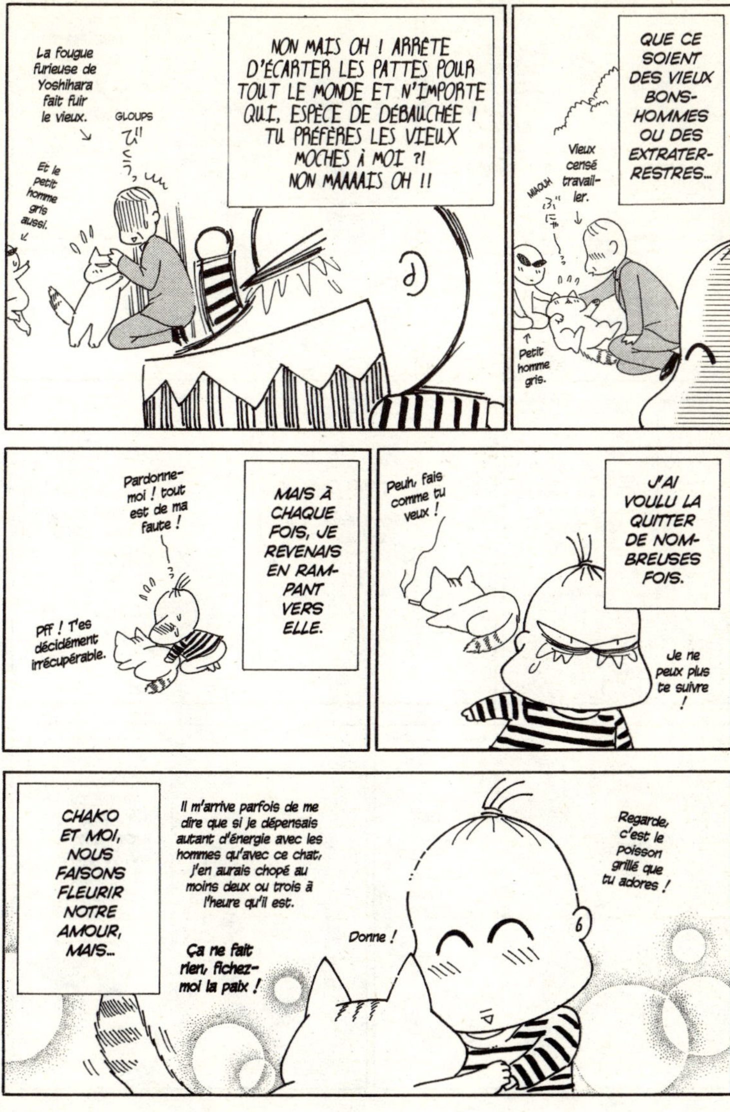
QUE CE SOIENT DES VIEUX BONSHOMMES OU DES EXTRATERRESTRES...
Vieux censé travailler.
MIAOUH
Petit homme gris.
NON MAIS OH ! ARRÊTE D'ÉCARTER LES PATTES POUR TOUT LE MONDE ET N'IMPORTE QUI, ESPÈCE DE DÉBAUCHÉE ! TU PRÉFÈRES LES VIEUX MOCHES À MOI ?! NON MAAAAIS OH !!
La fougue furieuse de Yoshihara fait fuir le vieux.
GLOUPS
Et le petit homme gris aussi.
J'AI VOULU LA QUITTER DE NOMBREUSES FOIS.
Peuh, fais comme tu veux !
Je ne peux plus te suivre !
MAIS À CHAQUE FOIS, JE REVENAIS EN RAMPANT VERS ELLE.
Pardonne-moi ! tout est de ma faute !
Pff ! T'es décidément irrécupérable.
Regarde, c'est le poisson grillé que tu adores !
Donne !
Il m'arrive parfois de me dire que si je dépensais autant d'énergie avec les hommes qu'avec ce chat, j'en aurais chopé au moins deux ou trois à l'heure qu'il est.
Ça ne fait rien, fichez-moi la paix !
CHAKO ET MOI, NOUS FAISONS FLEURIR NOTRE AMOUR, MAIS...

UNE FOIS QUE J'AI COMMENCÉ À LA CHOUCHOUTER, JE N'AI PLUS SU M'ARRÊTER.
Je traînais dehors aux heures où Chako aurait pu y être...
À 4h du matin, à 6h du matin en hiver, à six heures du soir... On aurait dit une vieille au comportement très suspect.
COMME ÇA, MÊME SA LAIDEUR ET SON OBÉSITÉ ÉTAIENT SUPER MIGNONNES.
RRR
ぶふ～～
Amoureuse
SES PETITS CROCS QUI TRANSPERCENT LES JEANS SONT VERY GOOD.
CRUC
Ça fait comme une machine à coudre... ♡
Mon corps est couvert de petits trous. Je n'aurais jamais cru pouvoir me faire trouer par autre chose qu'un homme. ♡
SES PETITES GRIFFES QUI TRANSFORMENT LE VISAGE DES GENS EN CELUI DE BLACK JACK SONT LOVELY.
ET CE STOÏCISME QUI FAIT QU'ELLE REFUSE TOUJOURS DE ME REGARDER DANS LES YEUX...
ELLE ADORE PRENDRE LA POSE DU "JOUE AVEC MOI" QUAND N'IMPORTE QUI PASSE DANS LA RUE.
SPLOF
ELLE SEMBLE AVOIR UNE PRÉDILECTION POUR LES JOLIES JEUNES FILLES QUI PEUVENT FAIRE D'ELLE CE QU'ELLES VEULENT.
Kyaaah, tu es affectueuse, toi !
MIAOUH
MIAOUH

BAH OUI, J'AIMAIS LES CHIENS.
Encore au passé.
RRR
TAP TAP
すたすた
À L'ÉPOQUE, COMME JE PRÉFÉRAIS LES CHIENS, JE L'AI IGNORÉE.
Verbe légèrement au passé.
TAP TAP
すたすた
CHAKO VIVAIT LA PLUPART DU TEMPS DEHORS, ALORS À CHAQUE FOIS QUE JE SORTAIS, JE LA VOYAIS.
RRR
ecobag
ET C'EST COMME ÇA QUE JE SUIS DEVENUE SON ESCLAVE.
RRR
RRR
Herbe à chat
Je les adorais mais maintenant le verbe est au passé !
J'ADORAIS LES CHIENS. BAH QUOI, LE VERBE EST CARRÉMENT AU PASSÉ. BOUDIOU !
RRR
Occupe-toi de moi ! Occupe-toi de moi ! Occupe-toi de moi ! Joue avec moi !
RRR

L'OBJET DE CET AMOUR À SENS UNIQUE, C'EST LE CHAT DES VOISINS, CHAKO, UNE FEMELLE DE SIX ANS.
Bouboule
RRR
ぶ゛ふ
Feulement →
MA RENCONTRE AVEC CHAKO REMONTE À DEUX ANS.
Quand, en pleine nuit, j'ai déménagé dans le quartier n°5...
ROLL ROLL
ゴロ ゴロ
L'INSTANT QUI BOULEVERSE LES DESTINS...
どきーん
BDUM
JE ME SUIS DIT QUE JE N'AVAIS JAMAIS VU DE CHAT AUSSI MOCHE ET GROS.
Elle a l'oeil méchant... Elle est toute cracra... C'est vraiment une femelle, ça...?
Bouche bée
RRR
ぶ゛ふ
Chat smart d'autres voisins

...
SHAP
ざっ
SHAP
ざっ
PFUIT
ふいっ
CORRECTION, LA SEULE À PENSER QUE C'EST SON PETIT AMI, C'EST MOI.
HUM
んむ
Allez quoi, tu me montres même ton trou gnougnou, c'est un peu tard pour faire comme si on n'était pas intimes.
ふん
HUM
EN RÉSUMÉ, CES TEMPS-CI, JE VIS UN AMOUR À SENS UNIQUE.

VOUS QUI AVEZ RÉPONDU (1), (2) OU (3)... FÉLICITATIONS, BONNE RÉPONSE !!
FÉLICITATIONS ♥
AUCUN PRIX POUR LE VAINQUEUR, MAIS BRAVO ! ♡
TCHA シャン
TCHA シャン
TCHA シャン
TCHA シャン

CHÉRI →

BONJOUR À TOUS, JE SUIS YUKI YOSHIHARA.
UNE ACTRICE A DIT QUE DU VIN COULAIT DANS SES VEINES. MOI, EN CE MOMENT, C'EST PLUTÔT DU SAKÉ.
TSUN-GUMAI
Parce qu'il fait froid. Alors la bière c'est pas terrible. Mais j'en bois quand même un peu.
VOICI LA QUESTION...
QUAND JE SORS EN CACHETTE LA NUIT, C'EST POUR FAIRE QUOI ?
(1) POUR ALLER VOIR MON CHÉRI.
CHÉRI
(2) POUR ALLER VOIR MON CHÉRI.
HOP
CHÉRI
(3) POUR ALLER VOIR MON CHÉRI.

LA SUITE D'HIER
CETTE ŒUVRE N'EST PAS UNE FICTION.
LES NOMS DES PERSONNAGES ET DES GROUPES APPARAISSANT DANS CETTE HISTOIRE N'ONT PAS TOUS ÉTÉ CHOISIS PAR HASARD, MAIS EN RAISON DU DÉLIRE DE L'AUTEURE. POUR CE QUI EST DES PHRASES ET DES EXPRESSIONS INCONVENABLES, MERCI DE LES LIRE AVEC LES YEUX DU CŒUR.

MESSAGE DE L'AUTEURE

Merci d'avoir acheté et lu "Venus ni Arazu". À l'origine, ce titre n'était censé durer que trois chapitres, mais j'ai fait un caprice et on m'a accordé qu'il dure un peu plus longtemps.
Je crois que c'est la première fois que je choisis comme chéri un héros avec un niveau d'ébullition si bas et aussi peu motivé.
Je ne sais toujours pas encore ce qu'il deviendra.
Cette histoire se termine dans le tome deux.
Le rire sera au rendez-vous, croyez-moi !
L'auteure est elle-même sur la brèche et promet de travailler dur !

Si vous voulez m'écrire ou vous plaindre...
101-8001 Tokyo-To Chiyoda-Ku Hitotsubashi 2-3-1
Shogakukan Petit Comic Henshubu
Yoshihara Yuki

TON SERMENT DE MARIAGE...
... JE L'AI DÉJÀ REÇU CE JOUR-LÀ.
JE LE JURE MILLE FOIS, DIX MILLE FOIS...
JE RESTERAI TOUJOURS À TES CÔTÉS.
BLANC MARIÉ — FIN

APRÈS D'ENQUIQUINANTES FORMALITÉS ADMINISTRATIVES ET SIX MOIS D'ATTENTE...
... JE SUIS À NOUVEAU DEVENUE MADAME "KIRIKO KIDO".
C'est formidable ! c'est formidable !
Du moment que Kiriko reste avec nous, tout va bien !
...
Fort sentiment d'aliénation.
TU ES SÛRE QUE TU NE VEUX PAS DE CÉRÉMONIE ?
JE SUIS UN PEU TRAUMATISÉE PAR LES CÉRÉMONIES DE MARIAGE ...
TU ME CROIS CAPABLE DE TE FAIRE FAUX BOND ?!
GRUMPF !
SÔJIRÔ !

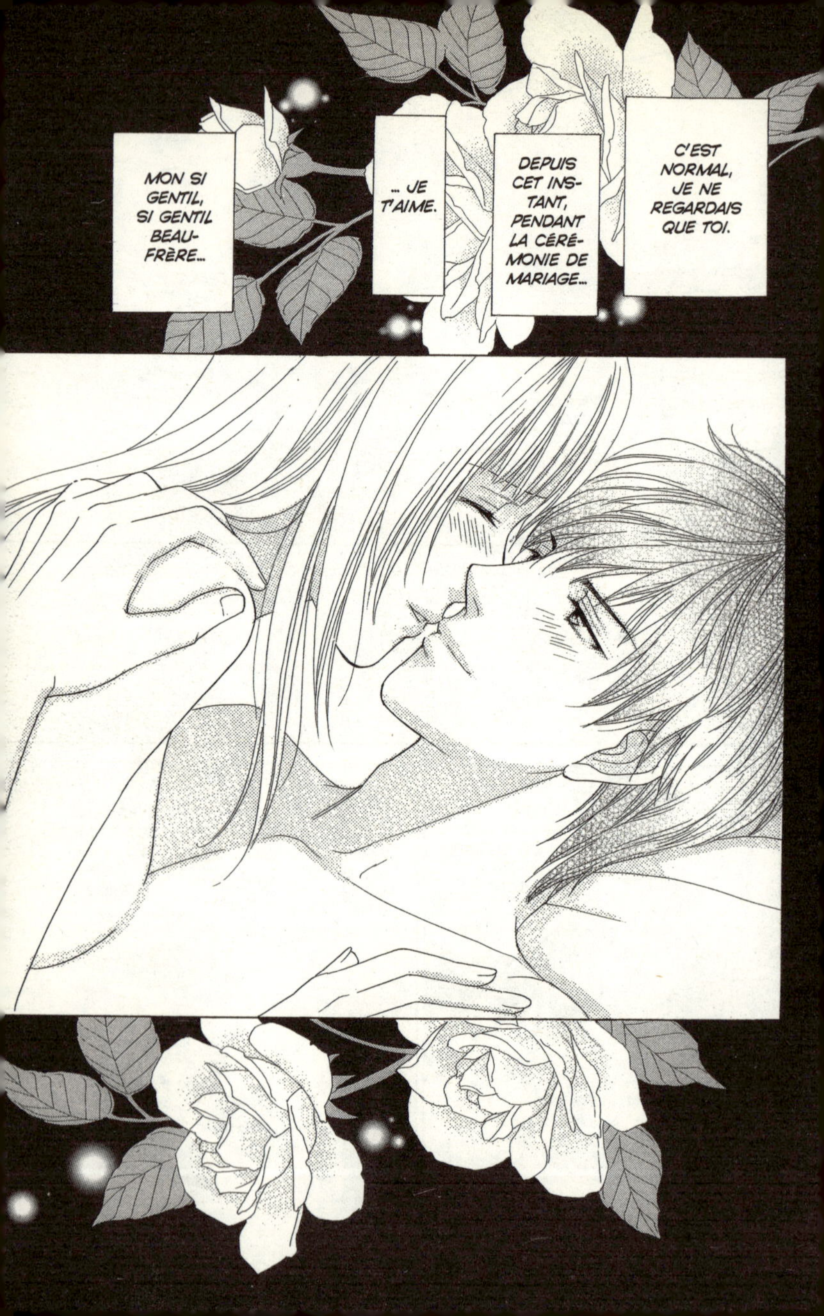
C'EST NORMAL, JE NE REGARDAIS QUE TOI.
DEPUIS CET INSTANT, PENDANT LA CÉRÉMONIE DE MARIAGE...
... JE T'AIME.
MON SI GENTIL, SI GENTIL BEAU-FRÈRE...

TU AS L'ŒIL VIF, BELLE-SŒUR...
NE ME REGARDE PAS COMME ÇA !
JE DOIS AVOIR L'AIR VRAIMENT TROP IDIOT.
... ALORS J'AI FAIT TOUT CE QUE J'AI PU POUR TE CACHER MES SENTI-MENTS.

BELLE-SŒUR...
... JE T'AIME.
JE T'AIME.

SÔ... SÔJIRÔ ?!
QU... QU'EST-CE QUE...
... TU VEUX DIRE ?!
TAIS-TOI !

TU N'AS QU'À RESTER À MES CÔTÉS !

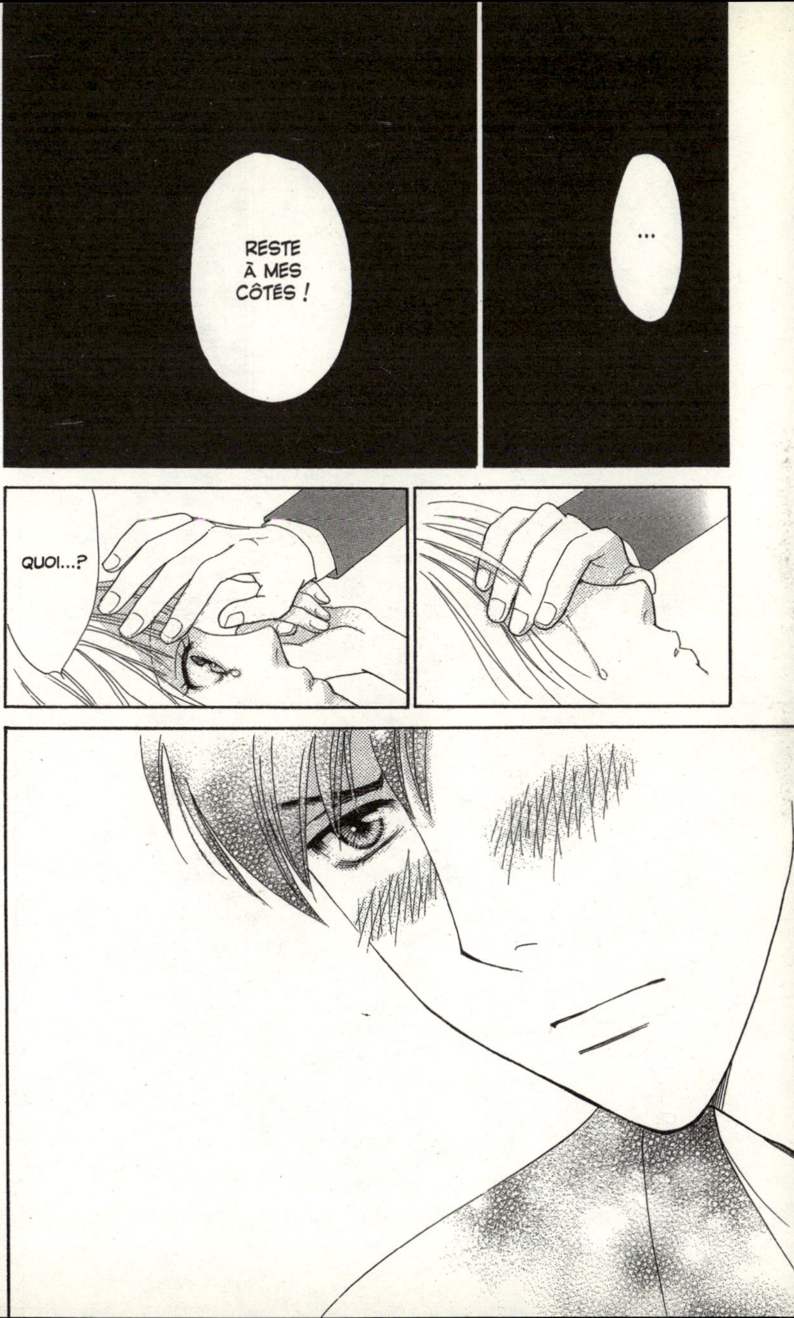
...
RESTE À MES CÔTÉS !
QUOI...?

...
J'AURAIS DÛ PARTIR IL Y A LONG-TEMPS.
MAIS MES JOURNÉES ÉTAIENT SI AGRÉA-BLES...
DE GENTILS BEAUX-PARENTS...
UN GENTIL BEAU-FRÈRE...
JE ME CONTREFICHAIS QUE MON MARI NE SOIT PAS LÀ.
JE SAIS QUE C'EST ANOR-MAL...
... QUE CE N'EST PAS BIEN...

SÔJIRÔ...
TU PLEURES PARCE QUE TU AIMES TOUJOURS MON FRÈRE ?
...
QUAND KAZUOMI A DIT...
... "JE PENSAIS QUE TU SERAIS RETOURNÉE CHEZ TOI DEPUIS LONGTEMPS"...
... JE ME SUIS DIT QU'IL AVAIT RAISON...

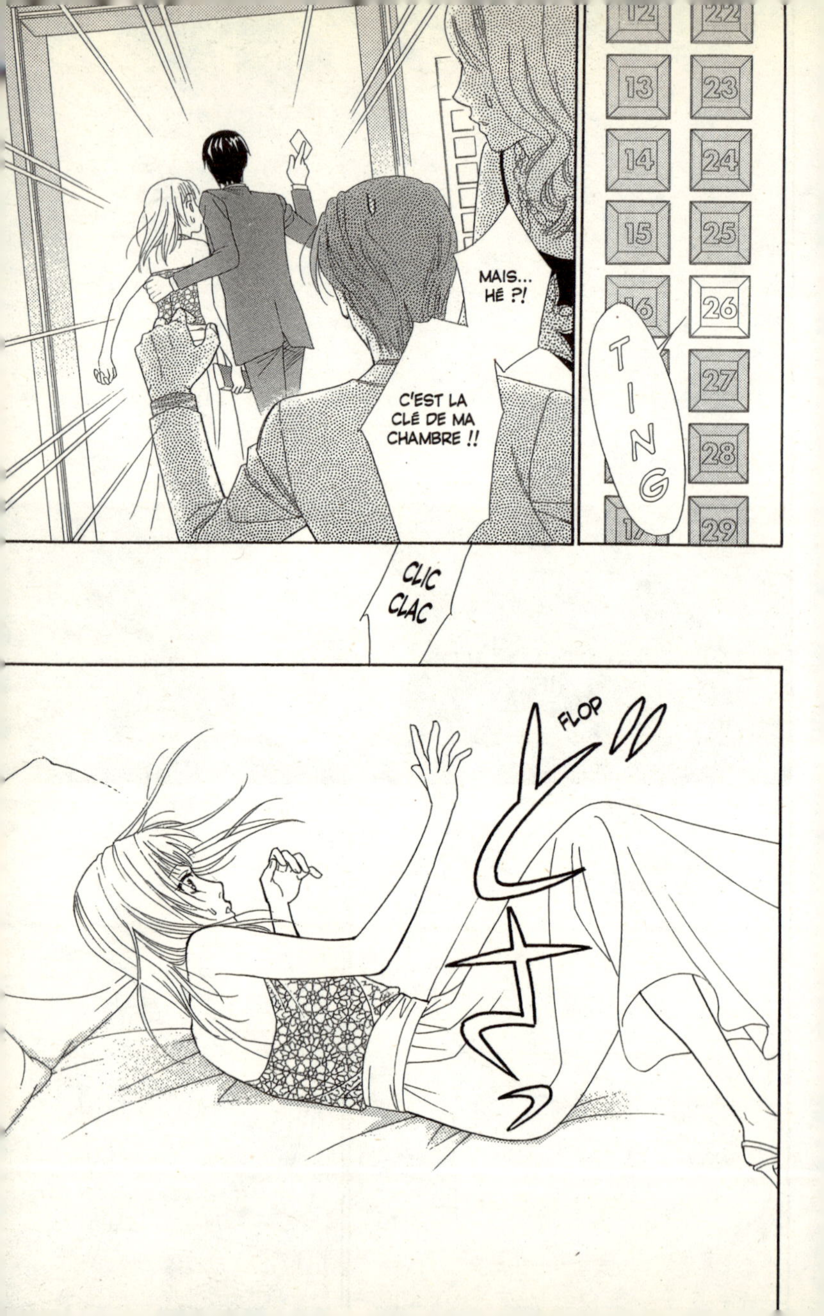

TING
MAIS... HÉ ?!
C'EST LA CLÉ DE MA CHAMBRE !!
CLIC CLAC
FLOP

BELLE-
SŒUR...
FLAP

BAM !
SÔJIRÔ...
KYAAAH !
ARRÊTE, SÔJIRÔ !
SÔJIRÔ !!

SÔ...
SÔJIRÔ ?!
TU... TU ES LÀ AUSSI, KIRIKO ?
HA ! HA ! HA ! ÇA FAIT UN BAIL !
HEIN ?! C'EST TA FEMME ?!
TU ES ENCORE LÀ ?
JE PENSAIS QUE TU SERAIS RETOURNÉE CHEZ TOI DEPUIS LONG-TEMPS.

NE T'INQUIÈTE PAS, C'EST UNE IDIOTE QUI NE COMPREND RIEN À RIEN.
L'IDIOT...
... C'EST TOI !!
GRAB

KAZUOMI...
VIENS, ON SE FERA LIVRER À BOIRE PAR LE ROOM SERVICE !
JE RÊVE, TU AS PRIS UNE CHAMBRE, GROS DÉGOÛTANT ?
ALORS QUE TU AS UNE FEMME !
MA FEMME ?
PFF
クスッ
AAH...

POURQUOI…
… LORSQUE JE SUIS SUR LE POINT DE PLEURER…
… APPARAÎT-IL TOUJOURS AUPRÈS DE MOI ?
J'AURAIS VOULU GOÛTER AUX PLATS DÉLICIEUX SERVIS À LA RÉCEPTION…
JE DEMANDERAI QU'ON NOUS LES PRÉPARE À EMPORTER.
"L'ÉPOUSE DU GRAND FRÈRE"…
… EST HEUREUSE.

POF
ぽ
すっ
FLAP ぐしゃ
FLAP ぐしゃ
TU ES BIEN ARROGANTE POUR ÊTRE SI JEUNE...
FAIS DONC CE QUE JE TE DIS AU LIEU DE DISCUTER !

BELLE-SŒUR, VOICI TON VERRE.
SOR-TONS !
HEIN ? MAIS JE N'AI ENCORE SALUÉ PER-SONNE...
TU PEUX COMPTER SUR MOI !
JE VAIS TE MONTRER QUE L'ÉPOUSE DE TON FRÈRE EST UNE PERSONNE FIABLE !

MADAME...
... VOTRE MARIAGE A DÛ ÊTRE UN MOMENT TRÈS DIFFICILE.
ON PEUT DIRE ÇA...
C'EST ELLE ! L'ÉPOUSE "KIDOYA" !
IL PARAÎT QUE SON MARI L'A LAISSÉE TOUTE SEULE À L'AUTEL...
SUPER, JE SUIS UNE CÉLÉBRITÉ. ♡
PSST
PSST
PSST
UNE CROQUEUSE DE DIAMANTS ? DE NOS JOURS ?
PSST
SINON ELLE N'AURAIT JAMAIS ÉPOUSÉ CE DIRECTEUR IMBÉCILE.
PSST
LA PAUVRE...

BON-SOIR !
VOUS ÊTES DES LIBRAIRIES "KIDOYA", N'EST-CE PAS ?
JE SUIS RAVI DE VOUS REVOIR. C'EST MON FRÈRE AÎNÉ QUI AURAIT DÛ ÊTRE PRÉSENT CE SOIR, MAIS...
HA ! HA ! HA ! ÇA NE FAIT RIEN ! JE SAIS QUE C'EST EN FAIT VOUS QUI VOUS OCCUPEZ DES AFFAIRES DE "KIDOYA".

TU AS VU L'HEURE, SÔJIRO, TU N'ES PAS DÉJÀ EN RETARD ?!
ADIEU, FILLE STUPIDE ! À PARTIR D'AUJOURD'HUI JE SERAI UNE PARFAITE "ÉPOUSE DU GRAND FRÈRE" !
PARDON...?
PRÉPARE-TOI POUR SORTIR, S'IL TE PLAÎT. UNE TENUE AUSSI ÉLÉGANTE QUE POSSIBLE.
Hello, fille stupide !
ON EST DIMANCHE.
Ah, c'est vrai.
UN ÉDITEUR ORGANISE UNE RÉCEPTION IMPORTANTE.
TU DOIS Y PARAÎTRE EN TANT QU'ÉPOUSE DU DIRECTEUR DE "KIDOYA".

MADAME, ÇA DÉBORDE...
JE VOUDRAIS QUE CETTE IMAGE DE MOI DISPARAISSE.
GRRM
どきっ
BDUM
ごく
GLOUPS
...

JE SUIS...
BLOUB
BLOUB
MADAME !
VOS PÂTES SÔMEN SONT EN TRAIN DE TROP BOUIL-LIR...
... DANS DE SALES DRAPS...
BLOUB
BLOUB
MADAME, VOS SÔMEN SONT EN TRAIN DE SE TRANSFOR-MER EN SOUPE COMPACTE !
JE SUIS MAL BAR-RÉE...
QU'EST-CE QUI M'A PRIS DE FAIRE ÇA ?
QUELLE HOR-REUR !
SÔJIRÔ DOIT PENSER QUE JE SUIS UNE FILLE STUPIDE EN MANQUE DE SEXE...
JE SUIS SÛRE QU'IL DOIT LE PENSER !
BLOUB
BLOUB
BLOUB

AAH...
はあ…
UH...
PARDON POUR LE DÉRANGEMENT.
JE VAIS DANS MA CHAMBRE.
TU DEVRAIS FAIRE PAREIL, BELLE-SŒUR...

C'EST ÇA, DE L'EAU.
SAUF QUE ÇA NE MARCHE QUE SI J'EN BOIS AVANT.
DE L'EAU...
UH...
MH !
C'EST SI...
... AGRÉA-BLE...

EUH... EUH...
MH...
EUH... EUH...
UH...
MH...
J'AI FAIT ÇA PARCE QUE SÔJIRÔ...
... AVAIT L'AIR DE VOULOIR BOIRE ENCORE UN PEU D'EAU.
...

BDUM
どき…ん

HEIN...?
KOFF !
KOFF !
ほっ
OUF
...

SÔJIRÔ ...
... TU AS FAIT ÇA POUR MOI...?
...
TU... TU VEUX DE L'EAU, C'EST ÇA ?!
TIENS !
...
KOFF !
KOFF !
SÔJI-RÔ...
GLOUB
んぐーっ

HUM !
JE NE PEUX JAMAIS RIEN TE CACHER, BELLE-SŒUR.
TU EMPESTES L'ALCOOL, N'IMPORTE QUI COMPRENDRAIT !!
PAS SI FORT, J'AI DIT !
MON FRÈRE A DÉCLARÉ QUE SI J'ARRIVAIS À LE BATTRE DANS UN DUEL DE BOISSON, IL RENTRERAIT À LA MAISON, ALORS VOILÀ...
ぎょっ
GLOUPS
KA... KAZUOMI ?!
J'AI HONTE.
J'AI RÉUSSI À LE RETROUVER AU CABARET DE SA NOUVELLE PETITE AMIE HÔTESSE, MAIS ILS ÉTAIENT DEUX CONTRE MOI...
...

SÔJIRÔ ?
TU ES RENTRÉ ?
SÔJIRÔ ?!
QU... QU'EST-CE QUE TU AS...?
PAS SI FORT !
TU VAS RÉVEILLER MES PARENTS.
SÔJIRÔ...
... TU ES COMPLÈTEMENT IVRE ?

JE... JE... JE SUIS DÉSOLÉE, SÔJIRÔ ! JE NE VOULAIS PAS TE METTRE MAL À L'AISE !
あわわ
KYAAH
...
IL EST MAL À L'AISE ?!
KIRIKO EST TRÈS FORTE, ELLE ARRIVE À DÉCRYPTER SES EXPRESSIONS FACIALES PRESQUE INEXISTANTES ALORS QUE SES PROPRES PARENTS EN SONT INCAPABLES !
SÔJIRÔ EST VRAIMENT AMUSANT.
CONTRAIREMENT À SON BEAU PARLEUR DE FRÈRE...
... LUI, QUAND JE LE REGARDE BIEN, J'ARRIVE À LE COMPRENDRE.
CLAC
CLANG
...?

SI C'EST CE QUE TU VEUX, BELLE-SŒUR...
DIS !
ÇA ME GÊNE DEPUIS UN MOMENT...
J'AI TOUT DE MÊME CINQ ANS DE MOINS QUE TOI, SÔJIRÔ...
... ALORS M'APPELER SI FORMELLEMENT "BELLE-SŒUR"...
HUM...
MAIS QUEL AUTRE TITRE POURRAIS-JE DONNER À L'ÉPOUSE DE MON FRÈRE AÎNÉ ?
"KIRIKO", C'EST UN PEU LONG...
TU PEUX M'APPELER "KIRI", OU "KIKO" OU MÊME "KIKI". ♡

C'EST EXACT. LES FILLES SUPERFICIELLES QUE MON FRÈRE AFFECTIONNE TELLEMENT SONT GÉNÉRALEMENT DES SANGSUES. JE TROUVE QUE MON FRÈRE A BIEN CHOISI.
J'AVOUE QUE ÇA M'ÉNERVE UN PEU.
MALGRÉ CE QUE DISENT MES PARENTS...
... SI C'EST TROP DUR POUR TOI, TU PEUX PARTIR QUAND TU VOUDRAS.
ET NE T'INQUIÈTE PAS POUR L'ARGENT.
AH... JE SAIS COMMENT IL EST, MAIS...
... JE L'AI ÉPOUSÉ PARCE QUE JE L'AIMAIS, ALORS...

APRÈS AVOIR TERMINÉ MES ÉTUDES, J'Y AI TRAVAILLÉ COMME EMPLOYÉE...
KIDOYA BOOKS
UN JOUR, LE FILS HÉRITIER EST PASSÉ PAR HASARD INSPECTER UNE DES SUCCURSALES ET M'A REMARQUÉE.
MADEMOI-SELLE, VOUS ÊTES RAVIS-SANTE. JE PEUX VOUS INVITER À BOIRE UN CAFÉ ?
ET J'AI ÉTÉ ASSEZ BÊTE POUR ME FAIRE AVOIR PAR CETTE TECHNIQUE DE DRAGUE PRÉHISTORIQUE.
EN RÉSUMÉ, J'AI ÉTÉ CHOISIE COMME ÉPOUSE BIEN PRATIQUE.

KIRIKO !
SÔJIRÔ, IDIOT ! IDIOT ! C'EST PARCE QUE TU PRONONCES DES PAROLES TABOUES QUE KIRIKO VEUT NOUS QUITTER !!
AH. TOUTES MES EXCUSES.
NON, LÂCHEZ-MOI ! J'EN AI ASSEZ DE VOTRE IMBÉCILE DE FILS !!
JE T'EN PRIE, KIRIKO ! TU ES LA SEULE À BIEN VOULOIR ÊTRE L'ÉPOUSE DE NOTRE IDIOT DE FILS !
ぬう
GNUUUH
うう
C'EST POUR L'AVENIR DE "KIDOYA", KIRIKO !
うう
...
BELLE-SŒUR, JE PEUX EN AVOIR ENCORE, S'IL TE PLAÎT ?
SI TU VEUX. PLEIN !!
LA CHAÎNE DE LIBRAIRIES "KIDOYA"...

CRAAC
ピキッ
AH BON...
JE SUPPOSE QU'IL A PASSÉ LA NUIT AVEC UNE AUTRE FEMME.
IL AVAIT ÉTEINT SON PORTABLE...
JE VOIS QUE JE SUIS UNE ÉPOUSE NON DÉSIRÉE.
JE RENTRE CHEZ MOI...
GRAB
ばっ

OH, KIRIKO, ÇA A L'AIR DÉLICIEUX !
TU ES SI DOUÉE EN CUISINE, KIRIKO, QUE LES REPAS SONT DE VRAIS PLAISIRS !
BONJOUR, BELLE-SŒUR.
BONJOUR, SÔJIRÔ !
TON JOURNAL EST LÀ.
KAZUOMI EST RENTRÉ ?

KIDO
BONJOUR, BEAU-PAPA, BELLE-MAMAN !
J'AI FAIT GRILLER LE BERYX SÉCHÉ QU'ON M'A OFFERT.

J'AI JURÉ UN AMOUR ÉTERNEL...
À UN HOMME QUE JE N'AVAIS RENCONTRÉ QUE QUELQUES FOIS...
MON BEAU-FRÈRE.

UN MARIAGE SANS MARIÉ.

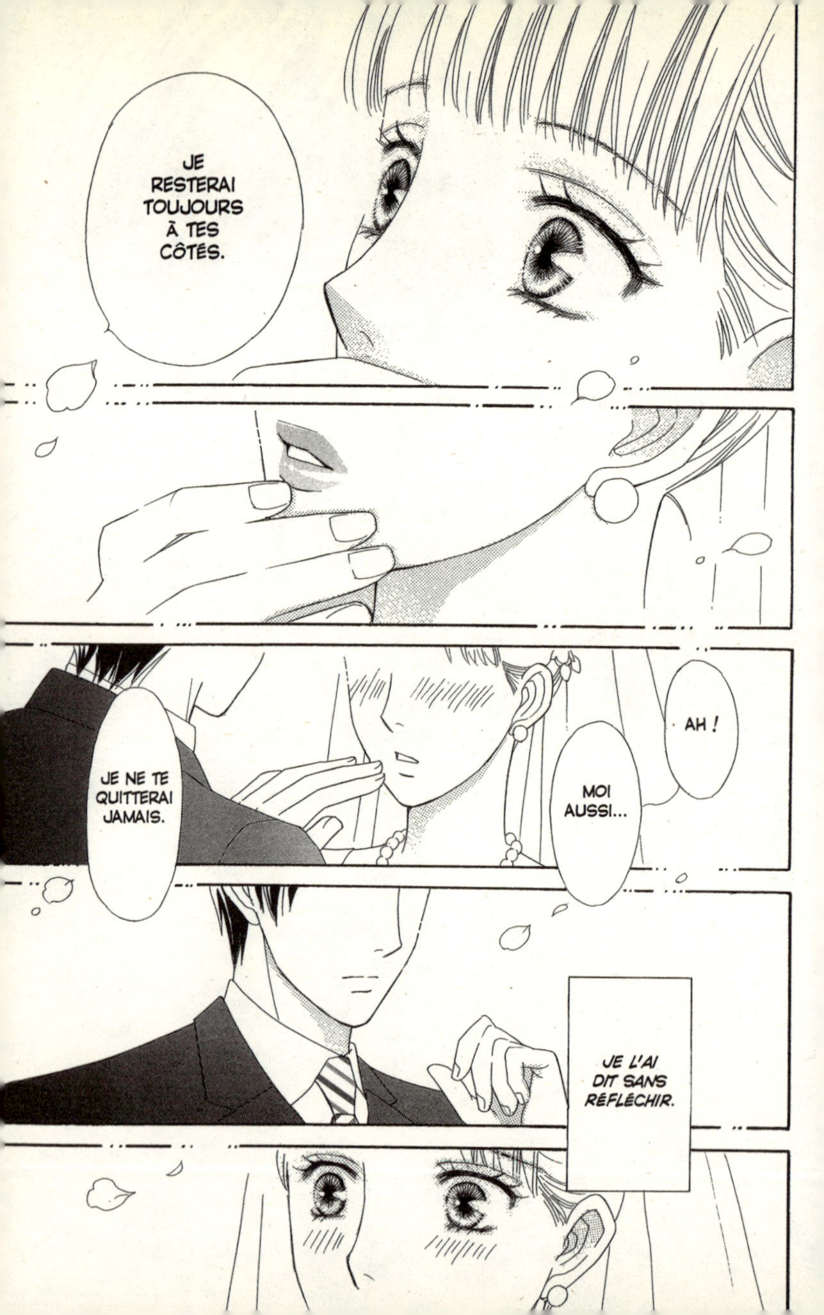
JE RESTERAI TOUJOURS À TES CÔTÉS.
AH !
MOI AUSSI...
JE NE TE QUITTERAI JAMAIS.
JE L'AI DIT SANS RÉFLÉCHIR.

P... POURQUOI TU ES LÀ, SÔJIRÔ...?
TU DOIS PRÊTER SERMENT, NON ?
HEIN ?
EUH...
JE LE VEUX.
... PAS ! JE VEUX ROMP...
PFFFR !
JE LE JURE MILLE FOIS, DIX MILLE FOIS...

ざわ…
OOH...

POURQUOI FAUT-IL QUE LA SCÈNE RADIEUSE DU PLUS BEAU JOUR DE MA VIE SOIT UN MARIAGE EN SOLO ?!
Elle trébuche.
CETTE ESPÈCE DE GROS IMBÉCILE ! BON SANG ! JE N'AURAIS JAMAIS DÛ DÉPOSER LE CONTRAT DE MARIAGE À LA MAIRIE ! MAIS QUELLE IDIOTE !!
V... VOULEZ-VOUS PRENDRE... LE MARIÉ POUR ÉPOUX ?
PAS QUESTION QUE JE JURE ÇA !
JE DIVORCE ! JE LE QUITTE...
JE LE VEUX.

DONG
DONG
DONG
BLA
BLA
BLA
BLA
BLA
BLA
OH MAIS...? OÙ EST LE MARIÉ ?
IL PARAÎT QU'IL A ANNULÉ LE MARIAGE PARCE QU'IL A LA GUEULE DE BOIS...
ET J'AI AUSSI ENTENDU DIRE QU'ON L'A VU DANS LA CHAMBRE D'UNE AUTRE FEMME...
JE VEUX MOURIR...

Blanc

marié

CHÈRE BELLE-SŒUR...
... JE VIENS D'AVOIR UN APPEL DE MON FRÈRE AÎNÉ.
IL DIT QU'IL NE PEUT PAS VENIR AUJOURD'HUI.
ANNULER TOUT SERAIT DU GASPILLAGE, ALORS IL SUGGÈRE QUE TU PROCÈDES À LA CÉRÉMONIE TOUTE SEULE.
QUOI...?

VENUS NI ARAZU - ANECDOTES

J'ai fait mes débuts dans le métier en troisième année d'école d'art. Comme je passais mon temps à dessiner des manga, inlassablement, je ne me suis pas assez investie dans les cours, les devoirs ni même le projet pour obtenir mon diplôme, du coup, j'ai dû redoubler. Alors que je songeais à abandonner la fac, le secrétariat m'a dit qu'il ne pouvait pas accepter de "décision unilatérale de l'élève". J'ai écrit une lettre du genre : "En tant que mangaka, je veux investir tout mon temps et mon énergie dans les manga, alors laissez-moi quitter l'université, s'il vous plaît"... Et le lendemain, c'est le directeur de l'école qui m'a téléphoné directement pour me dire : "Travaillez dur et bon courage" !! Monsieur le directeur H, merci d'avoir eu cette réaction. Aujourd'hui encore, je garde vos paroles à l'esprit et je travaille dur. Enfin je crois que je travaille dur...?

VENUS NI ARAZU ~ ANECDOTES

La seule réponse à laquelle je n'ai pas répondu par oui, c'est : "Je me suis aperçu(e) que mes mains tremblaient." J'ai échappé à ça mais c'était limite ! Le souci, c'est que ma mère m'a dit : "J'ai déjà vu tes mains trembler."
"..."

ぶん WUP
ぶん WUP
QUOI ? ELLE S'EST DÉSHABILLÉE ?!
JE... J'AI FAIT ÇA PARCE QUE JE CROYAIS QUE C'ÉTAIT LE DERNIER JOUR DU CONTRAT.
C'EST DE VOTRE FAUTE, VOUS NE M'AVIEZ PAS PRÉVENUE !
VOUS ALLEZ ENCORE ME FAIRE PRENDRE PLUSIEURS POSES, NON ?
JE VOUS DEMANDE DE ME LAISSER GARDER MES VÊTEMENTS, SINON JE NE TIENDRAI PAS LONGTEMPS !
GRR
*ENVIRON 4,32 EUROS, NDT
S'IOU PLAÎT ! JE VOUS DONNE CINQ CENTS YENS* !
DÉSHABILLEZ-VOUS !
AAH
NON FINALEMENT, ÇA VA CONTINUER À ÊTRE LE RÉGIME DE LA COLÈRE QUOTIDIENNE.
À SUIVRE...

EST-CE QU'IL COMPREND MES SENTI-MENTS OU EST-CE QU'IL EST JUSTE ENCORE À L'OUEST ?
DORÉNA-VANT, JE SOURIRAI AU LIEU DE ME FÂCHER.
QUAND IL ME FAIT TOURNER EN BOUR-RIQUE, JE NE SAIS PLUS CE QUE JE RESSENS.
ET POURTANT, J'AI LE CŒUR QUI BAT À CENT À L'HEURE.
HEEEEEIN ?!
AUJOUR-D'HUI, VOUS REFUSEZ DE VOUS DÉSHA-BILLER ?

RZZ
くか～～!!
...
JE DOIS DESSINER...
DANS CINQ MINUTES, JE ME RÉVEILLE.
... VOTRE SUBLIME ...
... POITRINE...

"MOI AUSSI" ?
MAÎ...
SWUP
ずる...

C'EST ÉTRANGE... JE SUIS POURTANT UN SCULPTEUR...
QU'EST-CE QUE ÇA VEUT DIRE ?
EST-CE QUE JE SUIS AMOUREUX DE VOUS AUSSI, MADEMOISELLE MIYOSHI ?

ET SUR-TOUT...
... VOTRE VISAGE ENLAIDI PAR VOTRE MOUE BOUDEUSE DE COLÈRE...
... EST PAR-FAIT.

QUELS SEINS MAGNIFIQUES...

JE...
... JE L'AI DIT !
JE L'AI DIT...
... MAIS ...

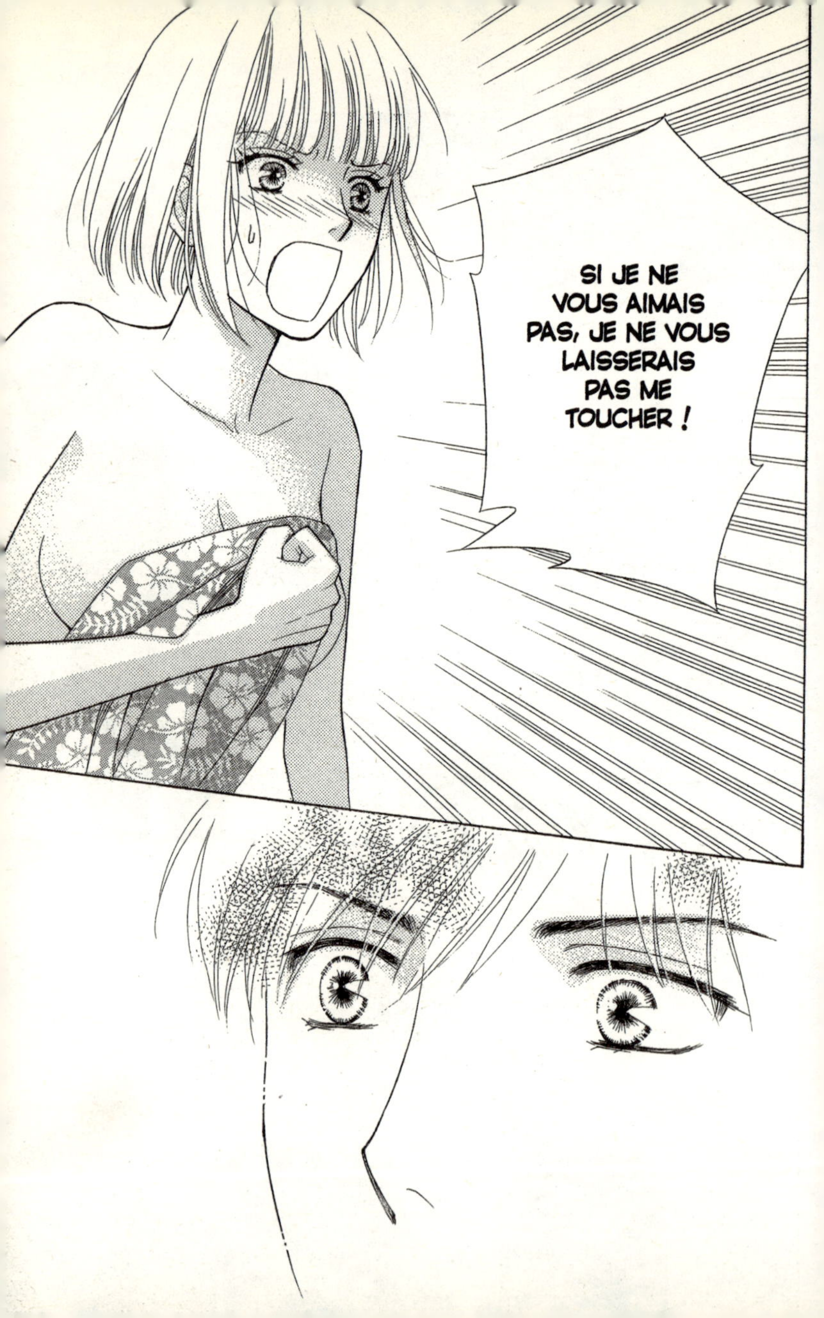
SI JE NE VOUS AIMAIS PAS, JE NE VOUS LAISSERAIS PAS ME TOUCHER !

...!
... ME DÉTESTEZ ?
POURQUOI ?!
VOUS M'AVEZ DEMANDÉ DE VOUS DÉSHABILLER, ÇA NE PEUT ÊTRE QU'UNE MÉCHANCETÉ !
WAAAAAAAAAH !
MAIS À QUEL POINT IL EST À L'OUEST, CE TYPE ?!

JE PRIE POUR...
... QUE VOUS TOMBIEZ AMOUREUX DE MOI...
MADE-MOISELLE MIYOSHI...
... EST-CE QUE PAR HASARD, VOUS M...

REGARDEZ-MOI !
C'EST MON CORPS NU QUE VOUS VOULIEZ TELLEMENT VOIR.
REGARDEZ-MOI BIEN !
TOUCHEZ-MOI !

TSIC
...!
FLAP

HEIN...?
...

JE VEUX...
... QUE VOUS ME DÉSHABIL-LIEZ VOUS-MÊME.

STRESS
オロ
STRESS
オロ
QU... QU'EST-CE QU'IL Y A ?
LA CLIMATISATION EST TROP FORTE ?
MAÎTRE...
JE VIENS D'AVOIR UNE IDÉE MÉCHANTE.

NOTRE CONTRAT SE TER-MINE AUJOUR-D'HUI, IL NE LE SAIT PAS ?
ÇA NE LUI FAIT RIEN DU TOUT ?
POUR LE MAÎTRE, JE NE SUIS QU'UN MODÈLE POUR SES SCULPTURES, ET SI JE ME DÉSHABILLE CE SERA JUSTE UN PETIT BONUS POUR LUI.
MAÎTRE...
OUI, OUI ! VOUS ÊTES PRÊTE ?

WELCOME CHEZ MOI, DÉSHABILLEZ-VOUS !
UN ACCUEIL BRÛLANT POUR YOSHIKO !
C'EST LA PREMIÈRE FOIS QUE JE VOIS LE MAÎTRE AUSSI EXCITÉ.
*JUS D'HOMME
DÉSOLÉ POUR LE DÉSORDRE DANS L'ATELIER.
JE VAIS VOUS PRÉPARER UN THÉ GLACÉ !
YOUPI YOUPI
AH, ÇA C'EST À MOI, MAIS VOUS POUVEZ L'UTILISER COMME PEIGNOIR !
OOOH, QUEL RAVISSANT PEIGNOIR DE BOXEUR...
男汁*

VROOM
グオオ
SKREEE

JE ME DISAIS QUE JE SERAIS PEUT-ÊTRE D'ACCORD POUR ENLEVER MES VÊTEMENTS...
オオ

JE VOUS DIS BONNE NUIT ! ♡
GAAAAAAAAH
M... MAÎTRE ! RÉVEILLEZ-VOUS !
RÉVEILLEZ-VOUS, S'IL VOUS PLAÎT !
ARRÊTEZ LA VOITURE ! ARRÊTEZ LA VOITURE !
MAIS VOUS ALLEZ VOUS RÉVEILLER BOUDIOU ?!
FLOP FLOP
ぶぶん
JE VOUS AIME !!
くか～っ
RZZZ

JE DEVRAIS...
... LUI AVOUER MES SENTIMENTS.
MAÎTRE...
JE... JE VOUS...
DITES-LE CLAIREMENT À VOIX HAUTE.
SINON, MOI...

...
JE... JE SUIS DÉSOLÉ. LES PARCS D'ATTRACTIONS ET TOUT CE QUI FAIT PEUR, CE N'EST VRAIMENT PAS MON TRUC.
V... VOUS ÊTES FÂCHÉE, HEIN ? JE VOUS DEMANDE PARDON !
...
JE SUIS FÂCHÉE CONTRE MAÎTRE CHÛJÔ PARCE QU'IL NE COMPREND RIEN À RIEN.
MAIS JE SUIS ENCORE PLUS FÂCHÉE CONTRE MOI-MÊME DE MA RÉACTION.
PLUTÔT QUE D'EXTRAPOLER SUR LES SENTIMENTS DU MAÎTRE...
... EN FAIT, JE...
MADEMOISELLE MIYOSHI...
... DITES QUELQUE CHOSE !

*ENVIRON 4,32 EUROS, NDT

**LA MAISON HANTÉE

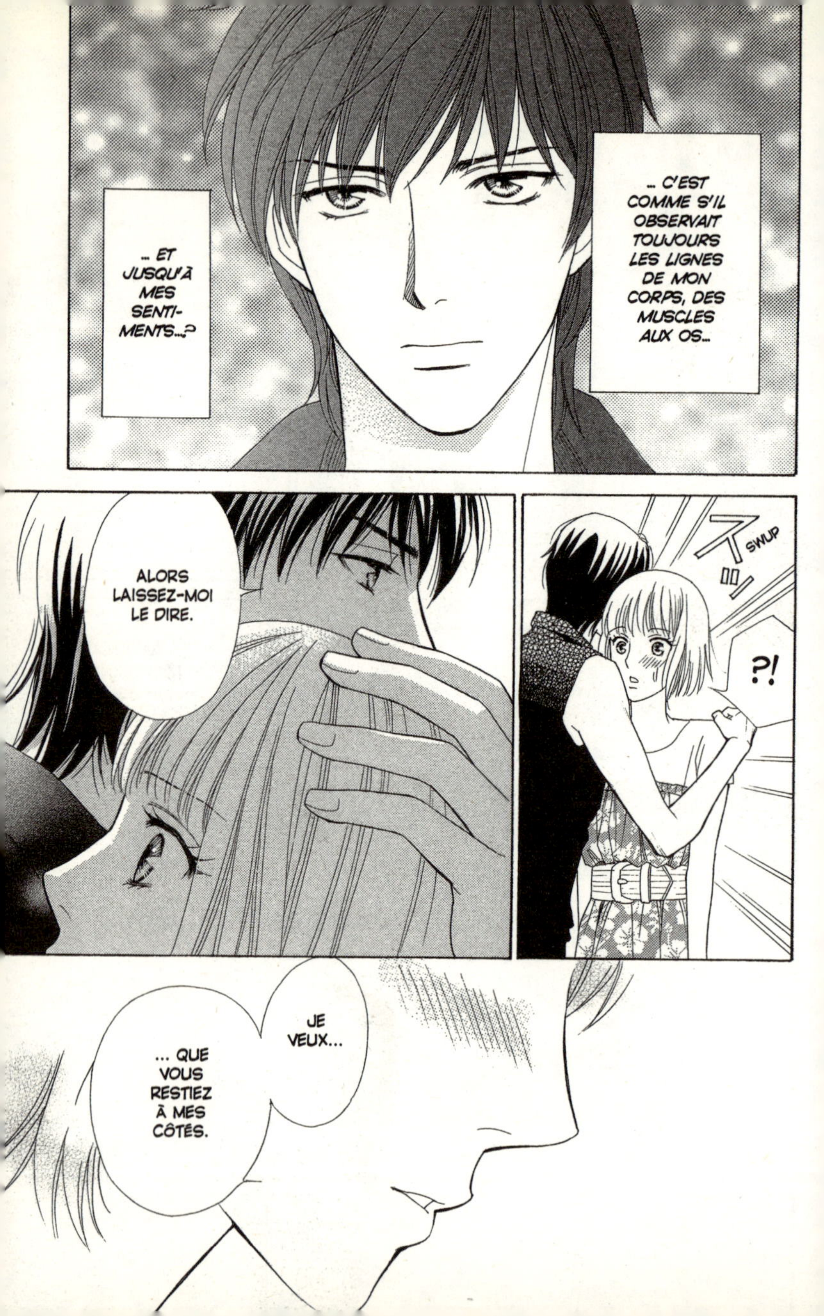
... C'EST COMME S'IL OBSERVAIT TOUJOURS LES LIGNES DE MON CORPS, DES MUSCLES AUX OS...
... ET JUSQU'À MES SENTI-MENTS...?
SWUP
?!
ALORS LAISSEZ-MOI LE DIRE.
JE VEUX...
... QUE VOUS RESTIEZ À MES CÔTÉS.

...
PARFOIS, JE ME DEMANDE SI MAÎTRE CHÛJÔ NE SAIT PAS CE QUE JE RESSENS POUR LUI.
DERRIÈRE SES LONGS CILS...

C'EST SUPER FLIPPANT !!
LA STATUE DE VOUS QUE J'AI ENVOYÉE TOUT À L'HEURE.
くす くす
...!
OUI.
BDUM
ドキッ
QU'EST-CE QUE VOUS VOULEZ ME DEMANDER ?

* LA MAISON HANTÉE

ET SI ON ALLAIT S'ASSEOIR SUR L'HERBE POUR MANGER UNE GLACE ?
JE NE GRIGNOTE JAMAIS ENTRE LES REPAS.
ALORS ON POURRAIT MONTER SUR CETTE GRANDE ROUE ET FAIRE UNE DIZAINE DE TOURS !
ÇA VA NOUS DONNER ENVIE DE DORMIR.
V... VOUS ÊTES UN MONSTRE, MADEMOISELLE MIYOSHI. DIRE QUE JE VOUS AVAIS DEMANDÉ DE CHOISIR DES LIEUX DE PROMENADE TRANQUILLES OÙ ON POURRAIT S'ASSEOIR !
MAIS ON ÉTAIT ASSIS, LÀ, NON ?
ぐったり
ARGH
C'EST UN RENDEZ-VOUS, SI VOUS VOUS ENDORMEZ, JE FERAI EN SORTE QUE VOUS DORMIEZ **POUR TOUJOURS !!**
Allez, un triple truc qui fait hurler !
NO OO OON !

NOO
OOO
O
OOO
OOOOO
OO
OOOOO
OOOOO
OON !!
LAISSEZ-MOI DESCENDRE ! LAISSEZ-MOI DESCENDRE ! JE VEUX RENTRER CHEZ MOOOOI !!
ゴオ
VROOOAR
オオ

GWIP
AUJOURD'HUI, JE VEUX CONNAÎTRE LES SENTIMENTS DU MAÎTRE !
PASSEZ...
... LA JOURNÉE AVEC MOI !

NOUS EN PRENDRONS GRAND SOIN !
VROOM
ブロロ
CES ARTISANS VONT TRANSFORMER MA STATUE D'ARGILE EN UNE STATUE DE PLÂTRE ET DE BRONZE.
ELLE DEVAIT ÊTRE PRÊTE POUR AUJOUR-D'HUI, ALORS J'Y AI PASSÉ UNE NUIT BLANCHE.
V... VOUS ÊTES RESTÉ ICI TOUT CE TEMPS ?!
OUI, ET JE SUIS MORT DE SOMMEIL.
LA STATUE D'ARGILE EST TERMINÉE. ALORS, ÇA VEUT DIRE QUE...
... NOTRE CONTRAT PREND FIN AUJOUR-D'HUI...
... ET JE NE LE REVER-RAI PLUS.
C'EST SI...
ふあぁ...
BÂILLE
ENFIN VOILÀ.
JE VAIS VOUS RAC-COMPAGNER JUSQU'À LA GARE.
CLING

MERCI D'ÊTRE VENUS !
OOH !
C'EST SUPERBE, TRÈS ÉLÉGANT.
N'EST-CE PAS ?
C'EST PARCE QUE LE MODÈLE EST PARFAIT.
JE L'ADORE.
BDUM
LE MAÎTRE...

C'EST LA RÉPONSE 3 : JE PASSE MON TEMPS À ME FÂCHER...
CET HOMME, TARÔ CHÛJÔ...
... QU'EST-CE QU'IL RESSENT POUR MOI ? EST-CE QU'IL EST JUSTE AHURI ?
MAÎTRE, CONTENTEZ-VOUS DE M'EFFLEURER, S'IL VOUS PLAÎT. ♡
SMILE
Désha-billez-vous ! Désha-billez-vous !
TWIC
TWIC
BONNE NUIT !
Peuh !
"PEUH" ?! C'EST TOUT CE QUE MON SOURIRE PROFES-SIONNEL VOUS ÉVOQUE ?!
BONJOUR, NOUS SOMMES ENVOYÉS PAR L'ATELIER MISHIMA !

ごろん
ROLL
AUJOURD'HUI, C'EST RELÂCHE.
CE SONT LES VACANCES D'ÉTÉ.
SANS ME PRÉVENIR ? C'EST COMPLÈTEMENT IRRESPONSABLE !
LEVEZ-VOUS !
GRR
むくり
FLOP
JE ME LÈVE SI VOUS VOUS DÉSHABILLEZ !
Hé ! Hé ! ♡
COMBIEN DE FOIS FAUDRA-T-IL QUE JE VOUS LE RÉPÈTE : ÇA NE FAIT PAS PARTIE DE MON CONTRAT !
AH !
はっ

RZZ
C'EST L'HEURE DE COMMENCER LA POSE ! CE N'EST PAS LE MOMENT DE DORMIR !
ET C'EST QUOI TOUT CE DÉSORDRE ?!
MMH...

ATTAQUE !
WAAAH !
RÉPONSE 1 : VOUS ATTAQUEZ AVEC DÉTERMINATION. ET VOUS CONTINUEZ D'ATTAQUER JUSQU'À CE QUE VOS SENTIMENTS SOIENT RÉCIPROQUES.
RÉPONSE 2 : VOUS ÊTES SÛRE QUE CE N'EST PAS RÉCIPROQUE ET VOUS CONTINUEZ À LE CONTEMPLER DE LOIN SANS JAMAIS VOUS ASSURER DE SES VRAIS SENTIMENTS.
CRI
CRI
CRI
ALORS...
... EN CE QUI ME CONCERNE...
MAÎTRE !

QUAND VOUS TOMBEZ AMOUREUX DE QUELQU'UN, COMMENT RÉAGISSEZ-VOUS ?

CHAPITRE 3 – LA DÉCLARATION

CHAPITRE 2 — FIN

COMMENT SONT-ELLES, MES LÈVRES ?
AU FINAL, QU'EST-CE QU'IL RESSENT POUR MOI ?
POURQUOI M'A-T-IL EMBRASSÉE ?
J'AI ENVIE DE LUI DEMANDER. J'AIMERAIS VRAIMENT QU'IL ME RÉPONDE.

MH...
OUI, COMME ÇA, C'EST MIEUX.
C'EST AINSI QUE DOIVENT ÊTRE...
... VOS LÈVRES.

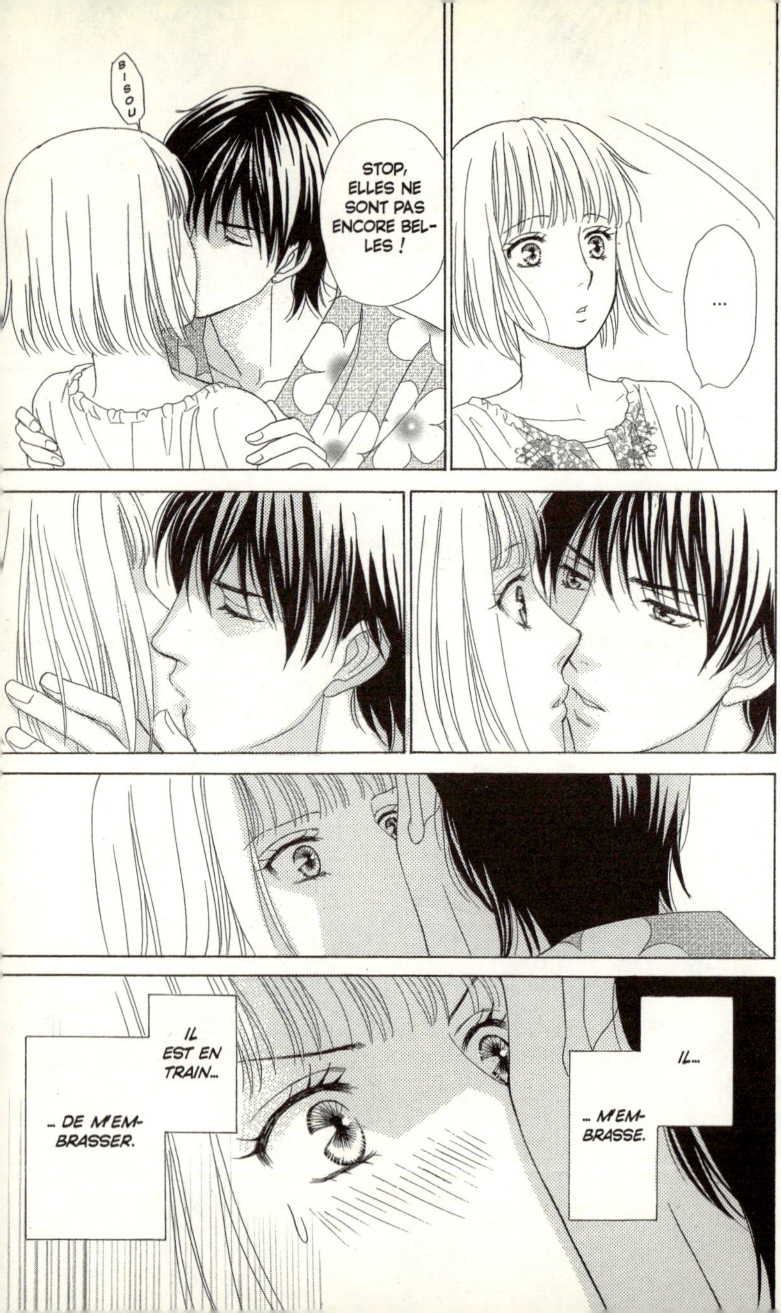
…
BISOU
STOP, ELLES NE SONT PAS ENCORE BEL-LES !
IL…
… M'EMBRASSE.
IL EST EN TRAIN…
… DE M'EMBRASSER.

... NE
SONT PAS
BELLES.

GLOUPS
ELLES ONT MENTI...
... ET PROFÉRÉ DES PAROLES QUI M'ONT MIS DANS L'EMBARRAS...
VOS LÈVRES, AUJOURD'HUI...

BAM !
AH...

QUAND VOUS AVEZ DIT QUE VOUS AVIEZ UN PETIT AMI...
... C'ÉTAIT UN MEN-SONGE, N'EST-CE PAS ?
*VILAINE FILLE !
VOUS AVEZ MENTI !
悪い子は*いねがーっ
ぎゃえええ
GAAAAAH

くっくっ
HI HI HI
VOS VÊTEMENTS SERONT BIEN-TÔT SECS, SERREZ LES DENTS ENCORE UN PEU !
JE N'AI AUCUN HABIT D'HOMME CHEZ MOI.
すとん
PLOF
MADE-MOISELLE MIYOSHI !
OUI ?

*KIMONO D'ÉTÉ, LÉGER ET EN COTON, NDT

M...
MAÎTRE...
JE VOUS RACCOMPAGNE JUSQU'À LA PORTE, VRAIMENT !
AH !
FAITES ATTENTION !
IL Y A DES TRAVAUX...
DOOOOUCHE

QUOI ?
IL A REFUSÉ DES TOP MODELS...
... ET DIT QUE J'ÉTAIS BELLE...
MAÎTRE CHÛJÔ...
QU'EST-CE QU'IL RESSENT POUR MOI ?

VROOOM...
JE VOUS RACCOMPAGNE JUSQU'À LA PORTE.
N... NON, CE N'EST PAS LA PEINE !
...

VOUS ME FATIGUEZ !
HEIN...?

M... MAIS...
TOUT DE MÊME, DES ŒUVRES CRÉÉES AVEC DE CÉLÈBRES TOP MODELS AURAIENT SÛREMENT PLUS DE VALEUR...
VOUS, IL Y A PEU DE TEMPS, VOUS VOUS ÊTES FAIT DE L'ARGENT DE POCHE EN REVENDANT MES ŒUVRES.
VOTRE GALERIE...
... VA TRÈS BIENTÔT AVOIR DE GROS ENNUIS.
MOI QUI ESPÉRAIS ACQUÉRIR DU PRESTIGE EN POSANT COMME MODÈLE POUR UN CÉLÈBRE SCULPTEUR...
PARDONNEZ MA FRANCHISE, MAIS VOUS NE CROYEZ PAS QUE CETTE JEUNE FEMME NOUS EST INFÉRIEURE ?

OUI.
ELLE EST BELLE, N'EST-CE PAS ?
CETTE FEMME EST MON MODÈLE.

C'EST MA MAÎTRESSE BIEN HUMIDE ET COCHONNE TOUS LES J...
JE SUIS SON MODÈLE ! EN TOUT BIEN TOUT HONNEUR !
AH !
GNÉ HÉ HÉ !

MON-SIEUR CHÛJÔ, QUI EST CETTE PER-SONNE ?
SWUP...
...?
COMMENT LA PRÉSENTER ? CHOISISSEZ PARMI UNE DE CES TROIS RÉPONSES...
(1) MA MAÎ-TRESSE
(2) MA MAÎ-TRESSE
(3) MA MAÎ-TRESSE
POURQUOI IL N'Y A QUE "MAÎ-TRESSE" ?!
CHERS AMIS, JE VOUS PRÉSENTE YOSHIKO MIYOSHI.

JUSTEMENT, ÇA TOMBE TRÈS BIEN !
TOMOE ET YUI VONT VOUS SERVIR DE MODÈLE !
VOUS NE VOULEZ PAS...
... ÊTRE MON MODÈLE...?
CE N'EST PAS ÇA, MAIS...

J'ARRÊTE D'ÊTRE VOTRE MODÈLE, MAÎTRE. ADIEU !
...?
HEEEEIN ? MAIS C'EST MÉCHANT ! POUR-QUOI ?!
Vous percutez enfin, merci.
JE... JE DOIS PENSER À MON AVENIR...
À CAUSE DE ÇA, JE NE VAIS PLUS AVOIR D'ARGENT DE POCHE PENDANT UN MOMENT, VOUS SAVEZ ?!
MAIS C'EST BIEN POUR ÇA QUE JE VOUS PAIE LE TRIPLE, NON ?!
...

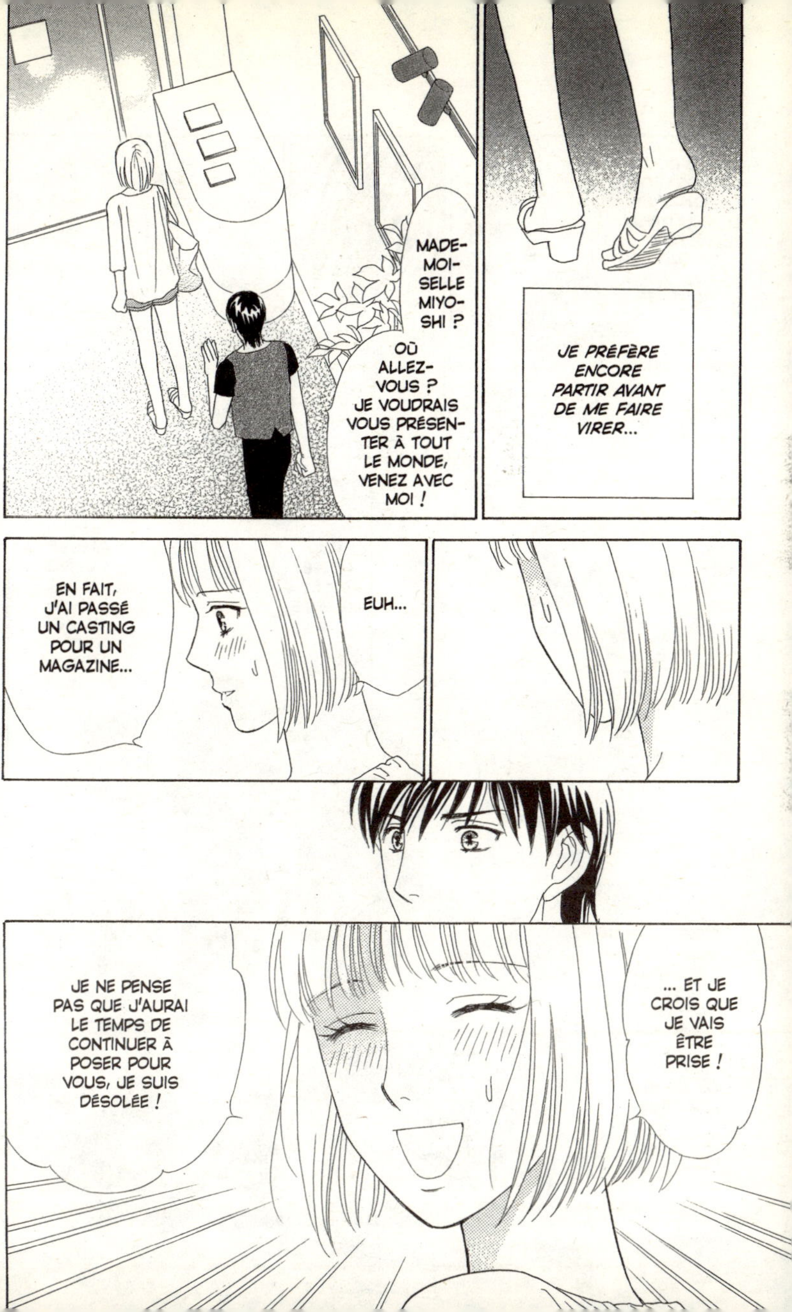
MADE-MOI-SELLE MIYO-SHI ?
OÙ ALLEZ-VOUS ? JE VOUDRAIS VOUS PRÉSENTER À TOUT LE MONDE, VENEZ AVEC MOI !
JE PRÉFÈRE ENCORE PARTIR AVANT DE ME FAIRE VIRER...
EUH...
EN FAIT, J'AI PASSÉ UN CASTING POUR UN MAGAZINE...
... ET JE CROIS QUE JE VAIS ÊTRE PRISE !
JE NE PENSE PAS QUE J'AURAI LE TEMPS DE CONTINUER À POSER POUR VOUS, JE SUIS DÉSOLÉE !

UNE COLLA-BORATION ENTRE UN SCULPTEUR CÉLÈBRE ET DES TOP MODELS TOUT AUSSI CÉLÈBRES !
CE SERAIT FORMI-DABLE !
...!
ÇA FERAIT BONNE PRESSE ! LAISSEZ-NOUS COOR-DONNER TOUT ÇA, MAÎTRE !
NON, PENSEZ PLUTÔT À MA GALE-RIE !
...
J'AI FAILLI OUBLIER...
... QUE MAÎTRE CHÛJÔ EST "L'ENFANT CHÉRI DE LA SCULP-TURE"...
C'EST NORMAL QU'IL PRÉFÈRE TRAVAILLER AVEC DES TOP MODELS PLUTÔT QU'AVEC UN MANNEQUIN DE TROISIÈME ZONE.

ENCHANTÉES !
NOUS RÊVIONS DE VOUS RENCONTRER DEPUIS SI LONGTEMPS ! KYAAH, VOUS ÊTES SI BEAU !
!
C'EST TOMOE ET YUI !
NOUS ADORERIONS VOUS SERVIR DE MODÈLES, MAÎTRE !
ET VOUS ÊTES ?
VOUS NE LES RECONNAISSEZ PAS ?! CE SONT DE CÉLÈBRES TOP MODELS !

MAÎTRE…
JE SUIS SI HEUREUX DE VOUS REVOIR, MAÎTRE !
BAM
どんっ
MAÎRE, J'ADORERAIS EXPOSER VOS PROCHAINES ŒUVRES DANS MA GALERIE !
JE SUIS MONSIEUR SMITH, LE CONSERVATEUR DU METROPOLITAN MUSEUM !
NOUS AIMERIONS ORGANISER UNE EXPOSITION DE VOS ŒUVRES, MAÎTRE !
AÏE, AÏE, AÏE !
MAÎ…
BAM
どんっ
WAAAH !
MAÎTRE CHÛJÔ !

C'EST UN ENTRETIEN D'EMBAUCHE POUR HÔTESSES OU QUOI ?
KYAAH !
C'EST QUOI, ÇA ?
PAS DU TOUT ! C'EST LE GENRE DE PERSONNES QUI SE RASSEMBLE À CES RÉCEPTIONS PROFESSIONNELLES.
JE VOULAIS VOUS PRÉSENTER...
... COMME MON MODÈLE.

MAIS QU'EST-CE QU'IL ME VEUT À LA FIN ?!
GALLERY
MADE-MOISELLE MIYOSHI !
PAR ICI, PAR ICI !

TARÔ CHÛJÔ
NAVRÉ DE VOUS DÉRANGER PENDANT VOTRE RENDEZ-VOUS, MAIS JE VOUS ATTENDS À LA "GALLERY L" DANS LE BLOC 8 DE GINZA. REJOIGNEZ-MOI QUAND VOUS POURREZ !
C'EST TOUT PRÈS D'ICI.
QU'EST-CE QU'IL ME VEUT ?
MAIS JE SUIS CENSÉE ÊTRE AVEC MON CHÉRI.
ALORS JE L'IGNORE !
CLAC
AAAH !
MÊME SI VOUS NE POUVEZ PAS, REJOIGNEZ-MOI !
...
SI VOUS NE VENEZ PAS, JE VOUS ENVERRAI UNE MALÉDICTION PAR LE PROCHAIN E-MAIL.
JE VOUS MAUDIS !
...

NON. ♡
はーっ
PFFF...
J'AI MA FIERTÉ, JE SUIS QUAND MÊME MANNEQUIN DE MODE !
AAAH...
VOUS AVEZ UN AMOUREUX, MADEMOISELLE MIYOSHI ?
QU'EST-CE QUE J'ESPÉRAIS ?

MAIS AVEC TON SCULPTEUR QUI TE PAIE LE TRIPLE POUR LUI SERVIR DE MODÈLE, JE PENSAIS QUE TU MENAIS LA BELLE VIE. QU'EST-CE QUE TU FAIS ICI ?
LA BELLE VIE...
JE SUIS ET JE RESTERAI TOUJOURS MANNEQUIN DE MODE !
JE N'AI PAS L'INTENTION DE SERVIR DE MODÈLE À CET HOMME JUSQU'À LA FIN DE MA VIE !
ÇA NE SE PASSE PAS BIEN AVEC LE SCULPTEUR, C'EST ÇA ?
EUH...
JE NE PEUX PAS DIRE QUE ÇA SE PASSE BIEN OU MAL...
... IL N'Y A RIEN ENTRE NOUS.
QUAND J'AI DIT QUE J'AVAIS UN PETIT AMI, IL N'A MÊME PAS RÉAGI !
IL NE S'INTÉRESSE QU'À MON CORPS, CET HOMME !!
PARCE QUE TU AS UN PETIT AMI, MAINTENANT, YOSHIKO ?

LE REGARD PAR ICI !
PRENDS DES POSES UN PEU PLUS DYNAMIQUES !
OK, MERCI !
YOSHIKO ?!
TOMO !
COMMENT S'EST PASSÉE TON AUDITION AUJOURD'HUI ?
JE CROIS QUE C'EST RATÉ...

POUR LE SEXE, ÉVITEZ DE PRENDRE DES POSITIONS QUI POURRAIENT ABÎMER LES LIGNES DE VOTRE CORPS, S'IL VOUS PLAÎT !
CET HOOÓOOMME !
DIS DONC...
TU AS LE VISAGE TOUT CRISPÉ !
GLOUPS
JE... JE SUIS DÉSOLÉE !

BDUM
ドキン
BDUM
ドキン
...

NE DIS PAS N'IMPORTE QUOI ! TU T'IMAGINES QUE JE VAIS TE LAISSER SEUL AVEC TON MODÈLE ?
ASSEYEZ-VOUS, MADEMOISELLE !
Merci...
Mais quoi ?!
CE SOIR, LES ÉLÈVES DE TROISIÈME ANNÉE ONT ORGANISÉ UNE RÉUNION AMICALE AUTOUR D'UN VERRE...
... SI ÇA VOUS DIT DE VENIR...
AH, DÉSOLÉE, J'AI DÉJÀ QUELQUE CHOSE DE PRÉVU.
QUOI ?! NE... NE ME DITES PAS QUE VOUS AVEZ UN RENDEZ-VOUS ?! AVEC UN AMOUREUX ?!
VOUS AVEZ UN AMOUREUX, MADEMOISELLE MIYOSHI ?
B... BIEN SÛR...
C'EST NORMAL QUE J'AIE UN AMOUREUX, QUAND MÊME !

MAÎ...
BIP
BIP
20:00
MADE-MOISELLE, C'EST L'HEURE DE VOTRE PAUSE.
QUOI, SEKISHÛSAI ? T'ES PAS CENSÉ ÊTRE EN COURS EN CE MOMENT ?

JE SUIS EN EXTASE.
VOUS ÊTES VRAI-MENT...
... TRÈS BELLE.

OUI.
C'EST SUPERBE.
LA LIGNE DES OMOPLATES AUX HANCHES...
... EST SUBLIME.
JE SAIS, C'EST MOI QUI LUI AI DIT QU'IL POUVAIT ME TOUCHER.
ET SI VOUS VOUS DEMANDEZ POURQUOI JE L'AI AUTORISÉ À FAIRE UN TRUC PAREIL...

QUAND ON EST LE MODÈLE D'UN SCULPTEUR...
... ON VOIT BIEN ENTENDU UNE STATUE DE SOI-MÊME ÊTRE CRÉÉE SOUS SES YEUX.
MÊME SI JE SAIS QU'IL NE S'AGIT QUE D'UNE MONTAGNE D'ARGILE...
... C'EST UN PEU COMME S'IL TOUCHAIT CHAQUE CENTIMÈTRE DE MON CORPS...
SURTOUT QUE CET HOMME...
MH...
DÉSOLÉ MAIS JE VAIS DEVOIR...
... VOUS TOUCHER.
ON Y EST !

...
MAÎTRE, COMBIEN DE FOIS FAUDRA-T-IL QUE JE VOUS RÉPÈTE QUE LA NUDITÉ NE FAIT PAS PARTIE DU CONTRAT ?
RADIN !
IL SERAIT TEMPS DE VOUS LÂCHER UN PEU !
PFF !
IL Y A UNE DIFFÉRENCE ENTRE SE LÂCHER ET SE DÉSHABILLER !
JE M'APPELLE YOSHIKO...
... ET DEPUIS QUE J'AI ÉTÉ RENVOYÉE DE MON AGENCE DE MODE, JE TRAVAILLE COMME MODÈLE POUR MAÎTRE TARÔ CHÛJÔ, ENSEIGNANT À L'ÉCOLE D'ARTS GRAPHIQUES Y.

NOUS ALLONS COMMENCER, MADEMOISELLE MIYOSHI !
BON...
... DÉSHABILLEZ-VOUS !
AAAH
はーっ
ドカッ
KPOW
ぽりーん
T-Z-I-N-G

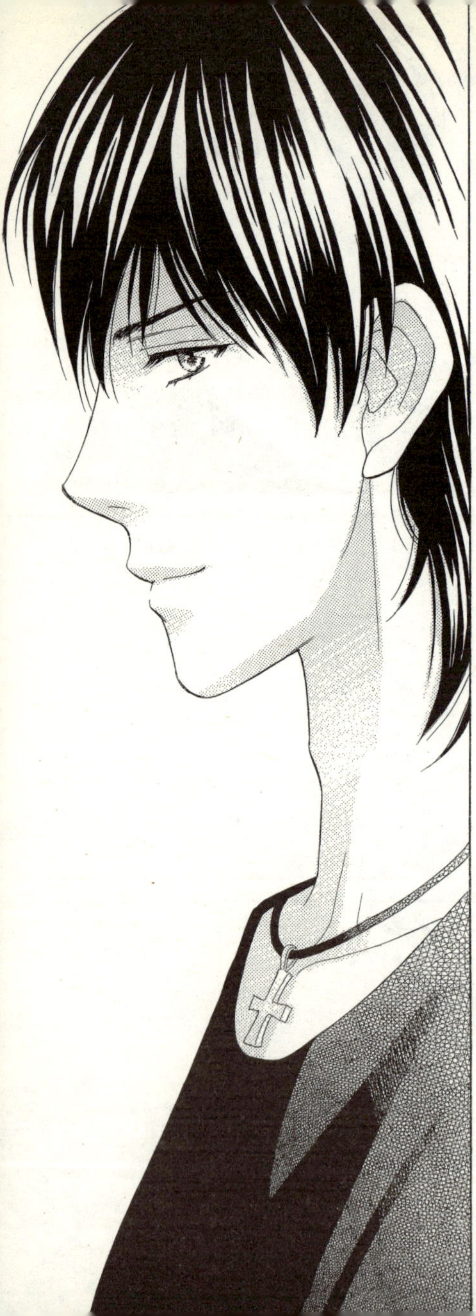

CHAPITRE 2 – LE RAPPROCHEMENT

VENUS NI ARAZU ~ ANECDOTES

... ME FONT ME SENTIR BIEN...
BON ALORS À PARTIR DE DEMAIN...
... JE COMPTE SUR VOUS POUR ÊTRE UN MODÈLE TRIPOTABLE À VOLONTÉ ! ♡
MOI, YOSHIKO MIYOSHI, JE FERAI DE MON MIEUX DEMAIN AUSSI !
CHAPITRE 1 — FIN

MERCI...
IL ME TOUCHE COMME SI J'ÉTAIS CE QU'IL Y A DE PLUS PRÉCIEUX AU MONDE...
... AVEC HÉSITATION ET RETENUE...
... MAIS AVEC DOUCEUR...
LES MAINS DE CET HOMME...

VOUS VOUS RETENEZ... ... DE JUSTESSE.
VOUS N'AIMEZ PAS QUE JE VOUS TOUCHE, N'EST-CE PAS ?
JE SERRE LES DENTS !
VOUS POUVEZ... ... ME TOUCHER.
PAS... PAS DANS UN SENS PERVERS !
VOUS ME COMPRENEZ ?!
SWUP...

C'EST VOUS...
... QUE JE VEUX...
... ET PERSONNE D'AUTRE...

VOTRE MAGNIFIQUE OSSATURE, VOS MUSCLES SOUPLES, VOTRE RESPLENDISSANTE FORCE DE VIE...
... JE VEUX LES TOUCHER...
... POUR LES FAIRE VIVRE DANS MA STATUE...
JE VEUX EN IMPRÉGNER TOUT CE QUI FAIT...
... UN BEL ÊTRE.

...
MAÎ-TRE...
MES STATUES SONT SANS VIE...
JE NE ME MOQUE PAS...
... DE VOUS.
HEIN ?
VOTRE BEAUTÉ...

WOH, TOI...!
C'EST VRAI. SE FAIRE TRIPOTER PAR DES HOMMES...
... C'EST DÉTESTABLE.
C'est...
C'est vrai...

PARDON...
... DE VOUS AVOIR FAIT PLEURER.
JE NE SAIS PAS QUOI FAIRE POUR QUE VOUS ME PARDONNIEZ...
...!
MA...
MA MAIN... TU VAS ME LA CASSER...
ぱ
PAF
SPLOF

GWIP
HEIN ?
SBAM
JE SUIS DÉSOLÉ.
HEIN ...?
QU'EST-CE QUE TU NOUS FAIS, TOI ?!
GRAB

C'EST VOUS QUE JE VEUX...
... COMME MODÈLE, MADEMOI-SELLE MIYOSHI.

HEIN, POURQUOI ?
MADEMOISELLE, J'TE PARLE !
CE QUE JE VOULAIS ÊTRE...
... CE N'EST PAS CE MANNEQUIN RATÉ.
ALLEZ QUOI, VIENS BOIRE AVEC NOUS !
OH LA FERME ! FICHEZ-MOI LA PAIX !
WOAAH, T'AS DU STYLE !
!
TRIPOTE
TRIPOTE
ARRÊ...

TROU-VEZ-VOUS...
... UN AUTRE MODÈLE !
BAM !
WOAAH !
HEIN ? MAIS... C'ÉTAIT LE MODÈLE...
CHÛJÔ ! QU'EST-CE QUE TU AS ENCORE FAIT ?!
Lunettes de soleil forever !
OOOH, T'ES TROP CHARMANTE, MADEMOI-SELLE !
MAIS POURQUOI TU PLEURES ?

ARRÊTEZ DE VOUS MOQUER DE MOI !
VOUS VOUS IMAGINEZ QUE PARCE QUE JE SUIS UN MANNEQUIN DONT PERSONNE NE VEUT, VOUS AVEZ LE DROIT DE ME FAIRE TOUT CE QUE VOUS VOULEZ ?!
JE NE SUIS PAS... JE NE SUIS PAS...
HUH...

MMMMFFFF...
ALORS !
C'EST BON, NON ?
ブチッ
CRAC
ÇA SUFFIT !
J'EN AI ASSEZ !

*"DAITOKAI" (LA GRANDE VILLE, NDT) / PAROLES : MASAYUKI TANAKA, MICHIO YAMASHITA, YUKARI TOMONAGA - MUSIQUE : MICHIO YAMASHITA

SERRE LES DENTS, MA FILLE ! TARIF TRIPLE !
AHEM... JE VOUS RAPPELLE QUE LA NUDITÉ NE FAIT PAS PARTIE DU CONTRAT.
ALORS ARRÊTEZ. VRAIMENT !
GLOUPS
BIEN.
J'AI COM-PRIS.
NE ME TOUCHEZ PAS NON PLUS !!
HEIN ? VOUS ÊTES DURE !
AH, MON-SIEUR CHÛJÔ REMET ÇA...
IL EST INCURA-BLE...
MORTE DE FATIGUE

BAISSEZ UN PEU VOTRE VISAGE !
OUI !
ENLEVEZ LE HAUT !
OUI !
... PARDON.
ET TANT QU'À FAIRE, LE BAS AUSSI.
TSS !
"TSS" ?! JE VOUS EN FICHERAIS DES "TSS", MOI ! SI VOUS CONTINUEZ VOTRE HARCÈLEMENT SEXUEL, J'EXPLOSE !
SI VOS VÊTEMENTS EXPLOSENT, Y A-T-IL UNE CHANCE POUR QUE VOS SEINS ET VOS FESSES SE DÉCOUVRENT ?
ÇA N'EST PAS DRÔLE ! JE N'AI PAS DU TOUT ENVIE DE RIRE !!

SCRITCH
SCRITCH
SCRITCH
SCRITCH
C'EST... C'EST INCROYABLE !
SCRITCH
SCRITCH
SCRITCH
IL DESSINE EN ME FIXANT ET SANS JAMAIS REGARDER SA MAIN.
C'EST UN PRO...
TRANSFÉREZ VOTRE POIDS SUR LA JAMBE DROITE !
MADE-MOI-SELLE MIYOSHI !
AH !
O... OUI !
LEVEZ LE COUDE GAUCHE !
VOILÀ !

LABORATOIRE 3
SALLE UTILISÉE PAR CHÛJÔ
LE MODÈLE EST LÀ, ALORS SI VOUS ENTREZ, JE VOUS TUE ! ? ♡
C'EST LE PREMIER JOUR, ALORS ON VA COMMENCER AVEC DES CROQUIS.
VINGT MINUTES DE POSE, CINQ MINUTES DE REPOS.
JE COMMENCE !
OUI !

ÇA PROUVE JUSTE QUE DES MODÈLES POUR ME REMPLACER AU PIED LEVÉ, IL Y EN A AUTANT QU'ON VEUT.
ずーん
SNIF
CLAC
"ELLE A UN CHARME QUE JE N'AVAIS JAMAIS VU AILLEURS."
OK ! ENCORE CINQ MINUTES DE STRETCHING !
POUR L'INS-TANT...
... JE DOIS ME CONCEN-TRER SUR DEMAIN.

L'ENFANT CHÉRI DU MONDE DE LA SCULPTURE
JE NE SUIS PAS VRAIMENT CONVAINCUE.
EN PLUS, IL EST CARRÉMENT CANON ! QUELLE CHANCE TU AAAAS ! SI ÇA SE TROUVE, TU VAS VIVRE UNE GRANDE HISTOIRE D'AMOUR AVEC LE PRINCE DE LA SCULPTURE !
TU REGARDES TROP LA TÉLÉ !
JE RACCROCHE !
AH... AU FAIT...
L'AUDITION QUE TU DEVAIS PASSER POUR LE MAGAZINE S, LE DIRECTEUR ME L'A CONFIÉE.
...
AH BON...
JE... JE SUIS DÉSOLÉE ! JE PRÉFÉRAIS TE LE DIRE.
MAIS BON, JE NE PENSE PAS QUE JE SERAI PRISE...
NE DIS PAS ÇA, FAIS DE TON MIEUX ET BONNE CHANCE !

QUOI ? TU RIGOLES, C'EST UN BOULOT GÉNIAL !
TOMO, TU DIS ÇA PARCE QUE TU NE CONNAIS PAS CET HOMME...
HEIN ? DU MOMENT QU'IL PAIE BIEN, MOI JE SUIS PARTANTE.
EN PLUS, C'EST TARÔ CHÛJÔ, TU RÉALISES ?
TU LE CONNAIS ?
HOP !
MAIS OUI, TU TE SOUVIENS, L'ANNÉE DERNIÈRE, MOI AUSSI JE SUIS ALLÉE POSER À L'ÉCOLE D'ARTS GRAPHIQUES Y. !
AH...
TARÔ CHÛJÔ EST L'ENFANT CHÉRI DE LA SCULPTURE, QUAND IL ÉTAIT À L'UNIVERSITÉ, IL A RAFLÉ TOUS LES PRIX QUI EXISTENT !
HEIN ?
IL REÇOIT DES OFFRES MIROBOLANTES D'ENTREPRISES ET DE GALERIES ÉTRANGÈRES !
HEEEEEIN ?!

SMILE
にっこり
JE NE FERAI RIEN DE RIEN !
TRIPOTE
さわ
TRIPOTE
さわ
JE M'APPELLE TARÔ...
TARÔ CHÛJÔ.
ENCHANTÉ !
JE NE SUIS PAS RASSURÉE.

AH !
JE SAIS QUOI FAIRE !
JE VOUS EMBAUCHE COMME MODÈLE POUR LE DOUBLE DE CE QU'ON VOUS PAIE AUJOURD'HUI...
NON MERCI.
たすたすたす
TAPTAPTAPTAP
HEIN ? POURQUOI ?
NON MAIS SANS BLAGUE ! SI JE SUIS SALARIÉE DE CE TYPE, JE N'OSE MÊME PAS IMAGINER CE QU'IL ME FERA !
SÉRIEUX ! MÊME LES MODÈLES RATÉS ONT LEUR FIERTÉ !
すたすたす
TAPTAPTAPTA
SI LE DOUBLE NE VOUS SUFFIT PAS, JE VOUS PAIERAI LE TRIPLE !
JE SUIS AU CHÔMAGE SANS INDEMNITÉS, MON BAIL EXPIRE LE MOIS PROCHAIN ET JE N'AI AUCUNE ÉCONOMIE...
OUI, MAIS MA FIERTÉ...
...
...
VOUS...
VOUS NE ME FEREZ RIEN...
... DE BIZARRE ?

*ENVIRON 4,35 EUROS

JE PASSAIS PAR HASARD ET QU'EST-CE QUE J'APPRENDS ? QU'EST-CE QUE TU AS OSÉ FAIRE À NOTRE PRÉCIEUX MODÈLE ?! CRÉTIN, JE VAIS TE BUTER !!
PIF
PAF
NOOOE ?!
EUH... JE CROIS QU'ON PEUT EN RESTER LÀ...
C'EST VOUS, LE MODÈLE QUI A ÉTÉ VICTIME DE CET IMBÉCILE ?
JE SUIS SEKISHÛSAI, PROFESSEUR DE SCULPTURE, ET JE SUIS DÉSOLÉ DE CE QUE VOUS A FAIT SUBIR CET IMBÉCILE !
EUH...
Lui aussi est professeur...?
On dirait un vétéran de gang de motards...
JE VOUS PROMETS QUE ÇA N'ARRIVERA PLUS JAMAIS, ALORS JE VOUS EN PRIE, REVENEZ DEMAIN !
J'AI ÉTÉ RENVOYÉE PAR MON AGENCE, ALORS JE NE VIENDRAI PLUS...

KICK
ÇA SUFFIT MAINT...
WAK
KOFF
CHÛÛÛJÔÔÔ, S'PÈÈÈÈCE DE BOUFFOOOON !
C'EST TROP MÉCHANT, JE ME SUIS FAIT FRAPPER DEUX FOIS DANS LA JOURNÉE !
PARCE QUE TU CROIS T'EN TIRER AVEC DEUX FOIS, PAUVRE DÉBILE ?

DÉCIDÉMENT...
... ÇA ME PLAÎT.
VOTRE OSSATURE EST TRÈS DÉLICATE.
OUI.
ELLE A UN CHARME QUE JE N'AVAIS JAMAIS VU AILLEURS.
J'AI ENVIE DE VOUS DÉSHABILLER ET DE VOUS TOUCHER ENCORE PLUS.
QU...?
QU...?
QU...?
SWUP

J'AI ENVIE DE PLEU-RER...
TAPOTE TAPOTE
なでなで
TRIPOTE TRIPOTE
さわさわ
ENCORE VOUS ?! MAIS DE QUEL DROIT VOUS ME TOUCHEZ ?!
TRIPOTE
さわ
TRIPOTE
さわ
C'EST QUI CE MALADE ?
ぜえ
HUFF
ぜえ
HUFF
M... MAÎTRE CHÛJÔ, C'EST ÇA ?!
QU... QU'EST-CE QUE VOUS ME VOULEZ ?!

...
ME VOILÀ AU CHÔMAGE SANS INDEMNITÉS, AVEC LE RENOUVELLEMENT DE MON BAIL QUI TOMBE LE MOIS PROCHAIN ET AUCUNE ÉCONOMIE.
DANS MA CAMPAGNE, ON ME SURNOMMAIT LA "EBI DU 3ÈME DISTRICT". LA TÊTE GONFLÉE DE FIERTÉ...
... J'AI CRU QU'IL ME SUFFIRAIT DE VENIR À TÔKYÔ POUR DEVENIR TOP MODEL POUR LES MAGAZINES ET LES DÉFILÉS DE MODE À L'ÉTRANGER...
MISS LYCÉE 3
Go Go Tôkyô !!
BIEN SÛR, C'ÉTAIT TRÈS BÊTE.
LOIN D'ÊTRE UNE TOP MODEL...
... JE N'ARRIVE MÊME PAS À GARDER MON BOULOT DE MODÈLE DE COURS DE DESSIN.
COMMENT JE VAIS M'EN SORTIR ...?
Désespoir...

QU'EST-CE QU'IL...
... ME FAIT...
... CE GROS SALAUD ?!
M... MAIS, MONSIEUR LE DIRECTEUR, C'EST LUI QUI M'A HARCELÉE SEXUELLEMENT DEVANT TOUS LES ÉLÈVES !
JE NE VEUX PAS LE SAVOIR, TU ES VIRÉE !!
VIRÉE ?!
BIEN SÛR QUE OUI ! LE DIRECTEUR DE L'ÉCOLE M'A DIT QU'IL NE FERAIT PLUS JAMAIS APPEL À NOTRE AGENCE DE MANNEQUINS, PETITE IDIOTE !!

POUET
OUI, C'EST PARFAIT COMME ÇA.

ÇA.
ÇA ME GÊNE.
PAR-DON...?
SWUP

CLAC
C'EST MAÎTRE CHÛJÔ !
C'EST LA PREMIÈRE FOIS QU'IL VERRA MON TRAVAIL !
JE SUIS MORT DE TROUILLE...
MAÎTRE CHÛJÔ...?
TAP

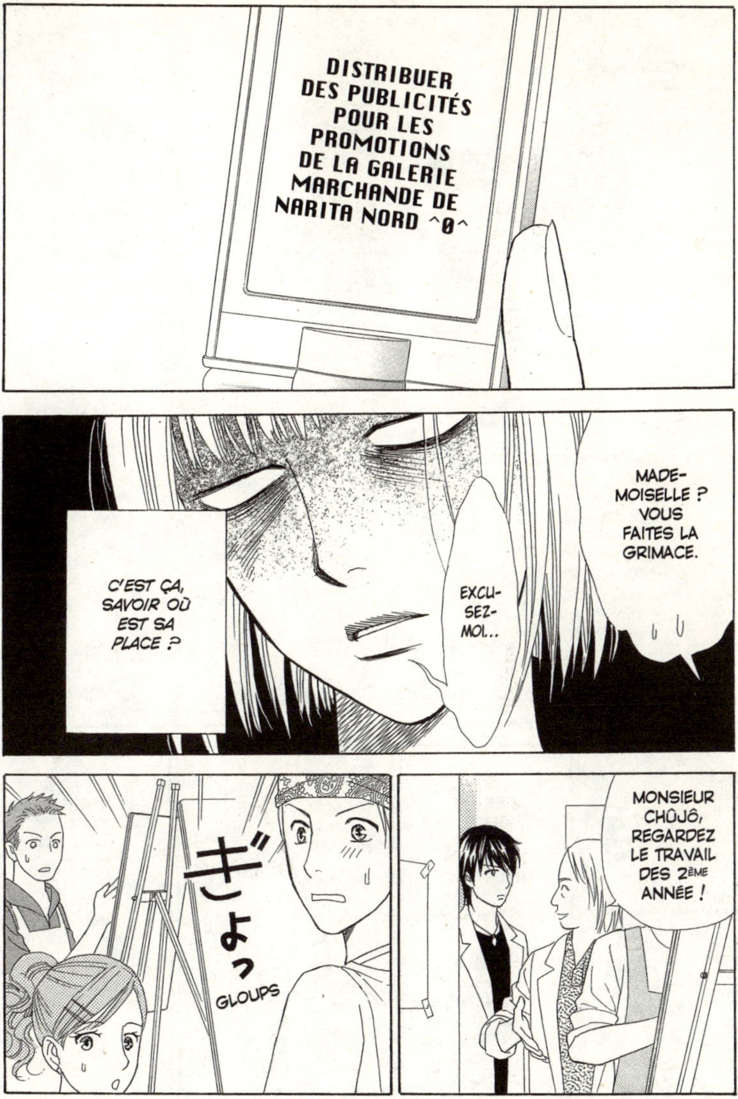
DISTRIBUER DES PUBLICITÉS POUR LES PROMOTIONS DE LA GALERIE MARCHANDE DE NARITA NORD ^0^
MADE-MOISELLE ? VOUS FAITES LA GRIMACE.
EXCU-SEZ-MOI...
C'EST ÇA, SAVOIR OÙ EST SA PLACE ?
MONSIEUR CHÛJÔ, REGARDEZ LE TRAVAIL DES 2ÈME ANNÉE !
ぎょっ
GLOUPS

MADEMOISELLE, LE MODÈLE N'EST PAS CENSÉ S'ENDORMIR !
AH! はっ
EX... EXCUSEZ-MOI !
AUJOURD'HUI JE TRAVAILLE COMME MODÈLE DE DESSIN DANS UNE ÉCOLE D'ARTS GRAPHIQUES POUR 9450 YENS* LA JOURNÉE.
*ENVIRON 82 EUROS, NDT
ON FAIT UNE PAUSE DE DIX MINUTES !
OH, UN MAIL DE MON PATRON.
YOSHIKO, J'AI UNE OFFRE POUR TON PROCHAIN TRAVAIL. ♡
QUOI, QUOI ? UN DÉFILÉ À PARIS ?! UN SHOOTING POUR CANCAM ?!

CHAPITRE 1 – LA RENCONTRE

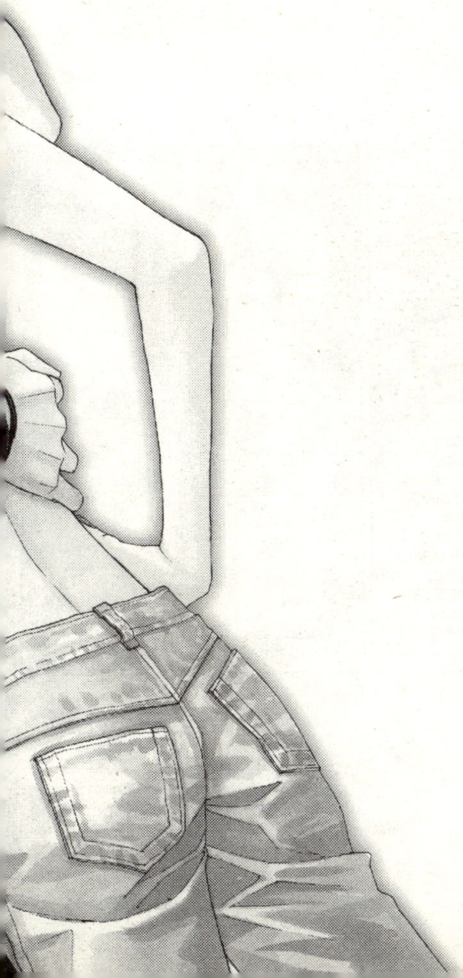

CHAPITRE 1 - LA RENCONTRE

INTRODUCTION

Après ses séries à succès *Darling, la recette de l'amour* et *Ai Suru Hito ~ Cours de séduction en 20 leçons,* **Yuki Yoshihara**, la reine déjantée des Ladies' Manga, revient avec un nouveau couple d'allumés : une top model sans succès et un sculpteur aussi à l'ouest que célèbre. Embarquez dans une histoire drôle et sexy en deux tomes ! En bonus dans cet album, le récit court d'un mariage sans mari...

SOMMAIRE

VENUS NI ARAZU

Yuki Yoshihara